KB252825

과거와 미래가 있는 오늘의 독서

과거와 미래가 있는 오늘의 독서
김석호 지음

초판 인쇄 2026년 02월 25일
초판 발행 2026년 03월 01일

지은이 김석호
펴낸이 신현운
펴낸곳 연인M&B
기 획 여인화
디자인 이희정
마케팅 박한동
홍 보 정연순
등 록 2000년 3월 7일 제2-3037호
주 소 05056 서울특별시 광진구 자양로 73(자양동 628-25) 동원빌딩 5층 601호
전 화 (02)455-3987 팩스 02)3437-5975
홈주소 www.yeoninmb.co.kr
이메일 yeonin7@hanmail.net

값 15,000원

ⓒ 김석호 2026 Printed in Korea

ISBN 978-89-6253-619-5 03810

* 이 책은 연인M&B가 저작권자와의 계약에 따라 발행한 것이므로 저자와 본사의 허락 없이는
  어떠한 형태나 수단으로도 이 책의 내용을 이용하지 못합니다.

* 잘못된 책은 바꾸어 드립니다.

과거와 미래가 있는 오늘의 독서

김석호 지음

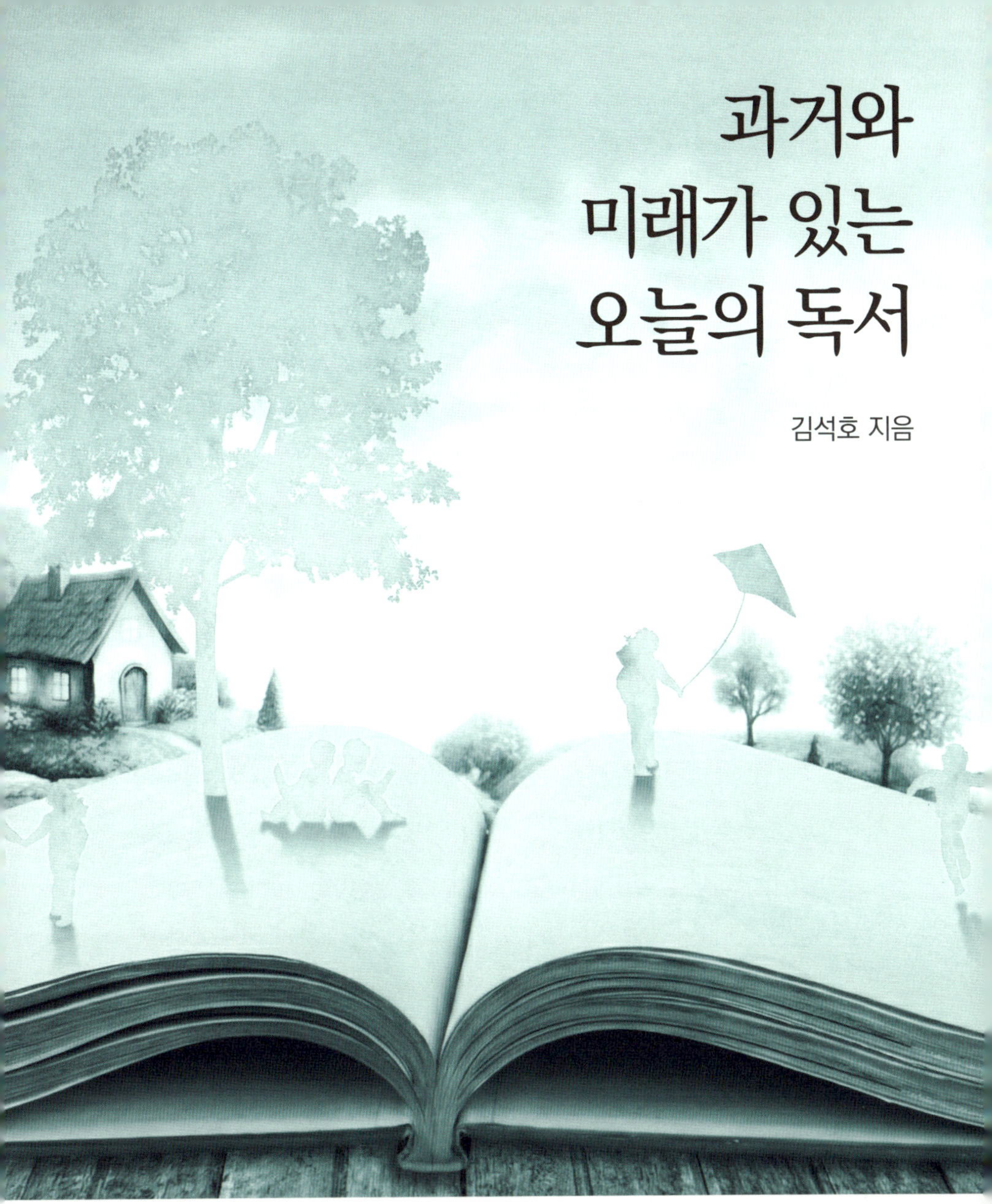

아름다운 인생을 살아라!

오늘을 읽고, 어제를 이해하며, 내일을 준비하는 기록
한 권의 책으로 이어진 시간의 대화, 그 읽기의 순간들이 삶이 되어 흐른다.

삶을 위한
인생 지침서

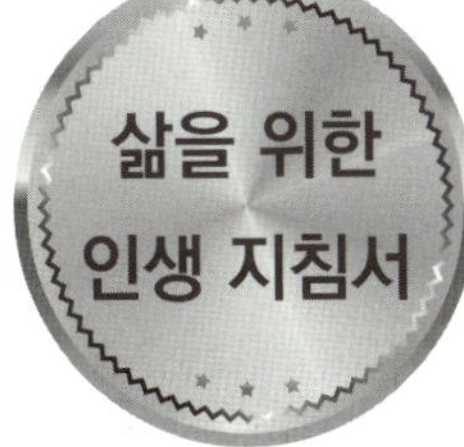

연인M&B

수많은 독서가를 위하여

지금 깊은 밤 3시가 되어 간다. 거실에서 아파트 19층에 있는 도서관과 독서실을 바라본다. 아직도 불빛이 보이는 곳이 있다. 공부에 몰두하는 학생이거나 더러는 전공 서적을 탐독할 것이다. 대단한 열성이다.

그러나 지금 우리 사회는 독서 인구가 열악하다. 지난번 모처럼 고속열차를 탔는데 컴퓨터를 열심히 두드리거나 핸드폰을 열심히 보는 사람은 있어도 독서하는 사람은 없었다. 그래도 독서 인구는 곳곳에 여전히 있다. 자기 방 책상에서 자신의 서재에서 학교에서 도서관에서 연구실에서 실험실에서 독서하고 있다. 우리나라 전체 인구에 견주어 보면 미비하다는 지적이다. 그러나 자신의 공부와 취미, 교양, 전문 분야, 예술, 직업, 기술, 종교 등 다양한 분야에 걸쳐서 독서가들은 여전히 사회 곳곳에 있다. 그들을 위하여 소담하게 이 글을 쓴다.

먼저 독서에 관한 일반 대중적 생각을 짚어 본다. '사람이 책을 만들고 책은 사람을 만든다.' 이 말은 사람은 사람다운 사람으로 살아야 한다는 삶의 기본 도리와 가치를 제시한다. 그래서 책 속에는 사람이 살길이 보인다고도 하였다. 동물은 육체로 살지만, 인간은 정신으로 산다. 동물은 생존 본능과 몸 근육의 힘으로 사는데 인간은 생각과 사유 즉 지적 능력으로 산다는 의미이다. 결국 동물은 싸워서 이기고 먹고 후손을 퍼트리는 본능으로 살면 되지만 인간은 좀 더 복잡하여 본능적 욕구도 있지만 자유, 행복, 가치, 윤리, 변화 등 고차원적 지적 존재이다.

인간은 살면서 끊임없이 '왜?'라는 질문을 던지고 끊임없이 그 답을 찾는다. 바로 이것이 인간 지혜의 역사이다. 그러므로 이것이 책 속에 담겨 있다. 인간은 평화롭게 안주하고 싶은 욕망이 있지만 한편 줄기차게 변화하고 싶은 또 다른 욕구의 소유자이다. 이런 결과의 산물이 책 속에 숨어 있다. 그러므로 인간은 독서해야 하는 존재이다.

어제의 지식과 지혜는 현재를 위한 자양분이고 미래를 위한 밑거름이다. 그리하여 인간은 지금까지 축적한 정신적 지적 자산에 안주할 수 없다. 미래를 향하여 다시 도약하는 자산을 발명, 발견, 창조해야 한다. 이를 위해서 앞으로 계속 독서는 꾸준히 해야 한다. 그러나 독서 방법이 달라질 것이다.

우선 벌써 책이 변하고 있다. 작은 칩, 하나만 컴퓨터에 끼우고 좌판을 두드리면 수십에서 수백 수천 권의 책이 쏟아져 나온다. 서재와 도서관이 필요 없는 세상이 올 것 같다. 작은 칩과 컴퓨터만 있으면 지식과 지혜가 무수히 쏟아져 나오는 놀라운 세상… 그러면 독서는 어떻게 해야 하는가?

나는 이 책의 원고 보따리를 가방 속에 둘러메고 해남 땅끝마을 '인송문학촌'으로 달려갔다. 우리 인간의 미래를 생각할수록 상상을 초월하는 세상의 등장에 희망으로 들뜨면서도 한편 반작용의 끔찍하고 두려운 세상 앞에 벌써 온몸이 떨린다. 이제 곧 머지않아 어떤 인간보다 훨씬 나에게 적합한 AI 비서를 내 곁에 둘 수 있게 된다고 한다. 참으로 기적 같은 희한한 뉴스이다.

더 나아가 언젠가는 나에게 항상 젊고 미인인 AI 연인도 만날 수 있다고 한다. 지금, 이 세상에는 모든 조건이 나에게 맞는 애인이란 절대로 없다. 그래서 결혼한 후 점점 이혼이 많아지지 않는가? 그러나 미래의 그때에는 정말 나에게 완전히 합당한 애인을 만나 결혼을 하여 잘 살 수 있다는 것이다. 여기에 한 걸음 더 나아가 자식까지 낳아서 산다면 얼마나 기발한 행운일까? 오! 생각하고 상상하는 대로 다 이루어지는 세상이여….

　그러나 **또 한편** "독서는 인간은 살면서 무엇을 채워야 하고 무엇을 비워야 하는지 알려 주는 나침반이다."라는 명언에서 사유하게 된다. 채우다가 비우는 별빛 항아리는 느림의 미학(美學)도 보여 주네. 여기에서 발걸음을 멈춘다. 오! 허공은 채워지지 않는 충만함이로다. 인생의 유한함에서 허무를 느끼는 인간은 허공에서 무한한 영원을 찾도다. 이것은 인간의 또 다른 희망이 아닌가? 모두 독서가 일깨워 주는구나.

　AI 시대가 되었다. 하룻밤 자고 나면 우리 일상으로 찾아오는 AI 정보가 홍수를 이룬다. 곧 AI가 모든 일에 주인공이 되는 세상이 올 것이다. 벌써 우리나라 노동계는 인간이 AI에게 자칫 돈벌이 자리를 뺏길까 봐 AI 거부 파동을 일으켰다. 기업과 산업 발달의 큰 흐름에 역행이지만 공감하고 이해할 부분이 있다. KAIST 대학교 전자 및 전기공학부 '김정호' 교수가 일반 대중에게 널리 전하는 강의는 우리 국민에게 일깨움이 컸다.

　AI 세상은 곧 온다. 핸드폰, 컴퓨터 등 반도체 세상을 뛰어넘는 고난도 AI 시대가 바로 문 앞에 와 있다. '벌써 이제 곧 A1 세상이 오면 AI 비서의 뺨을 때려도 되는가? 벌써부터 인간과 AI와의 윤리적 문제가 논의되었다. 그렇다면 AI 세상이 되면 독서는 어떻게 되어야 하는가?

먼저 인간은 생존 본능으로만 사는 단순한 동물과 달리 세상에 일어나는 모든 현상을 알아야만 속이 풀리는 존재로서 '질문하고 정답'을 찾는 노력은 여전히 독서를 통하여 결과를 얻는다. 우선 변화하는 삶의 환경 적응을 위한 독서를 해야 하는 독서 범위의 확대이다. 일찍이 예로부터 '인간은 알아야 산다. 아는 것이 힘이다.'라는 삶의 지표를 가지고 있다. 또한 자아실현, 삶의 가치 구현, 개성, 독창성, 창조성 등을 위한 방향과 전략의 변화가 필요하다.

그리고 AI 세상을 살려면 수학 지식이 기본적으로 강조되고 논리학, 철학 등 인문학적 소양이 크게 강조된다. 그러므로 독서는 이 분야에 지식과 지혜를 쌓고 미적 아름다움의 소양까지 갖추도록 해야 한다. 또한 AI를 뛰어넘는 인간이 되어 진정 인간으로 인간답게 사는 능력을 갖춰야 한다. 또한 인간의 언어를 중심으로 지금까지 살았지만, 앞으로는 다양하게 변화할 AI(컴퓨터) 언어도 알아야 한다.

AI 시대가 발달할수록 인간의 최고 가치인 사랑과 행복한 삶을 살려면 과연 과학 공학과 기술이 어떤 방향으로 나아가야 하는지 KAIST 대학교는 1월 초에 인문학자와 과학자들이 모여 AI 철학

연구센터를 열었다.

　AI 세상, 고도의 지적 세상에서 산다. 인간의 우수하고 뛰어난 두뇌가 이 지구 세계를 지배할 것이다. 2월 6일과 8일, 10일과 11일에 미국 유인 우주선이 54년 만에 달에 간다고 한다. 또 한번 과학 시대, 과학 세상을 실감한다. 인간의 상상력, 사고력, 창조력은 독서에서 탄생됨을 알아야 한다.

2026년 1월

김석호

2부 세상을 사는 지혜

1부

더 높은 삶을 향하여

무엇을 위해 살 것인가?
—인생특강: 목적으로 가는 길

우리 인간이 사는 현재 진행형은 항상 숨 가쁜 격변기이다. 날마다 지구촌 곳곳에 일어나는 사건에 정신없이 휘말리고 있다. 오늘 아침 뉴스에는 '그린란드가 섭씨 15.6도 올라가서 빙하가 크게 녹아 맨땅이 드러나는 큰 이변이 발생하였다.'는 것이다. 지구촌에 머지않아 크나큰 재앙이 몰아칠 극도로 불안한 현상이다.

그리고 러시아 침공으로 인하여 연일 급박하고 참혹한 '우크라이나 사태'는 우크라이나 국민의 비참한 안타까움은 물론 세계 곳곳 서민의 생계까지 위협하는 불안을 조성하고 있다. 그리고 전 인류의 생명을 위협하는 코로나는 우리의 생활을 불편하게 갇

혀서 너무도 긴 시간 지루하고 불안하고 답답하게 한다. 국내는 '윤석열 정부'가 들어선 지 두 달이 지났는데 물가가 하늘을 치솟고 정치는 국민 불신의 온상이 되었고, 민생경제 파탄을 초래하고 있다. 참으로 하루하루가 불안한 가시방석이다.

이런 때일수록 국민은 현명해야 하고 현실을 예리하게 직시하고 명쾌하게 대처할 수 있어야 한다. 언제나 혼란하고 불안한 사회일수록 명석하게 이겨 낼 방법은 있다. 그것은 국민의 탁월한 능력과 지혜가 발휘되어야 한다. 바로 이 우수한 실력과 지혜는 국민 각자 개개인의 독서력에서 나온다. 독서는 삶의 지식과 지혜를 얻는 지름길이다.

세계 3대 석학 '윌리엄 데이먼'이 쓴 「무엇을 위해 살 것인가?」를 읽었다. '윌리엄 데이먼'은 스탠퍼드대학교 교육학 교수이고 미국 최고 청소년 연구소인 '스탠퍼드 청소년센터'의 장이다.

이 책은 꿈과 희망을 가져야 하고 자신을 개척해야 하는 청소년을 위한 지침서이다. 그리고 항상 청소년 곁에서 그들을 보살피는 부모가 꼭 읽어야 한다. 또 학교에서 열심히 가르치고 지도하는 교사들이 꼭 읽기를 권한다.

이 책은 저자가 30년에 걸친 인간발달 연구의 최종 결과물인 기념비적인 저서이다. 그는 성공적으로 살아가는 청소년들의 주목할 만한 자화상에서 그들을 특별하게 만드는 9가지 핵심 요소를 발견하였다.

지금 어느 나라에서나 가정, 사회, 학교 및 국가는 특히 청소년에게 깊은 관심과 이해와 노력과 지원을 해야 한다. 바로 그들이 곧 미래의 주인공이기 때문이다. 일찍이 '콜버그'는 「도덕발달 심리학」에서 인간의 전 생애 중 특별히 '청소년' 시기가 매우 중요함을 강조하였고 많은 연구에서도 강조되고 증명되었다. 그러나 다양하고 급변하는 과학 문명의 혼란한 현대 생활 속에서 방황하고 무기력한 청소년이 늘고 있다. 이것은 심각한 문제이다.

특히 빈부 격차가 심하고 도시와 지역의 교육 환경이 극심한 대조를 이루고 치열한 경쟁 속에서 청소년들이 나아갈 방향을 찾지 못한 채 거부할 수 없는 사회적 큰 흐름에 이끌려 가고 있는 실정이다. 더욱이 우리나라는 일류 대학 입시라는 고질적 교육 풍토 속에 청소년들을 몰아넣어서 고득점 획득을 위한 학원비에 학부모는 신경을 쓰는 기형 교육 병폐를 낳았다. 바로 여기에서 교양이나 인성교육은 꿈조차 꾸지 못한 채 단편적 지식 주입 교육에만 편중하고 있다.

그러므로 우리나라에서 '윌리엄 데이먼'의 '인간발달 보고서'인이 책에 특별히 많은 사람이 관심을 기울이고 정치인 및 교육 정책가들이 한 번 필독하기를 권한다. 왜냐하면 청소년 시기는 우선 '나를 발견하는 것'에 눈뜨는 시기이고 '나는 무엇을 위해 살아야 하나?', '나는 앞으로 무엇을 하는 사람이 되어야 하나?' 하는 물음을 스스로 해야 하고 그 답을 스스로 찾는 시간을 가져야 하기 때문이다. 그러나 우리의 가정과 사회와 학교와 국가는 그런 기회를 전혀 제공하지 못하고 전혀 도움도 주지 못하고 있어 참으로 안타깝다.

청소년은 자신의 인생관과 세계관에 폭넓게 눈뜨게 해 주어야 한다. 인생은 드넓고 오묘하고 세상은 넓고 깊으며 무량함을 청소년은 터득해야 하는 시기이다. 그러면서 자신의 진로와 직업을 탐색하고 선택하는 길을 찾도록 해야 한다. 바로 이러한 시간과 기회를 청소년들이 체험하여 나중에 자신의 전공 분야를 결정하여 자신과 사회와 국가에 자아를 실현하는 한 인간이 되어야 한다.

1. '윌리엄 데이먼'은 현대사회를 살아가는 청소년을 '목적 없이 표류하는 삶'이라고 표현하였다.

세계 곳곳의 대부분 젊은이들이 시시각각 유행에 물들고 순간을 즐기고 유흥과 향락에 빠지고 뚜렷한 자아 정체감을 상실한 채 살아가고 있다. 이것은 청소년과 젊은 시절에 호기심을 발휘하여 탐험과 모험을 겪어 보지 못하고 실패와 좌절을 일찍부터 두려워하고 편안히 안주하는 늪에 함몰된 현상이다. 청소년은 자신의 작은 울타리를 벗어날 줄 알아야 한다.

　가정과 사회와 학교에 안주하지 말고 야생마처럼 훌쩍 탈출해서 시련과 실패와 좌절을 맛보아야 인생을 사는 힘이 충족되고 새로운 희망과 비전이 보인다. 지금 현대사회는 안정적인 직업이라는 개념 자체가 무너지고 있다. 앞으로는 점점 100세 시대가 도래하면서 더욱 기나긴 자신의 삶을 생각할 때 청소년 시절부터 자신만의 특별한 노력과 도전을 쌓아야 한다. 자칫하면 앞으로의 부모들은 자식들이 긴 세월이 흐른 뒤에 다시 부모의 둥지로 돌아오는 '부메랑족'이 될까 두려운 일을 겪을는지 모른다.

　오늘날 청소년들의 가장 심각한 문제는 너무나 많은 청소년들이 문제 해결을 위해 앞으로 나아가지 않는다는 것이다. 이것은 자신이 살아갈 방향의 시발점도 모른 채 무작정 살아간 청소년기를 보냈기 때문이다. 청소년과 젊은 시절을 목표 없는 표류의 시간을 보내면 자칫 쾌락과 향락에 빠지고 공허함을 겪는다.

　200년 전 철학자 '터머스 칼라일'은 "목적이 없는 인간은 방향타가 없는 돛단배와 같다."고 하였다. 일찍이 노화에 관한 연구에서도 노후의 건강과 웰빙을 예측하는 가장 중요한 지표 중에 하나는 계속해서 꾸준히 목적의식을 가지고 살아가느냐 하는 것에 달려 있다고 하였다.

인생 전체에서 진정한 행복은 자신이 무엇에 몰입하게 하고 도전하게 만들고 빠져들게 만드는 흥미로운 것들과 관련이 깊다. 특히 자신이 찾는 무언가가 개인을 초월해 세계에 가치 있는 공헌을 할 수 있는 경우 행복의 크기는 더욱 커질 수 있다. 우주의 원리를 찾는데 헌신하는 과학자, 새로운 미래를 창조하는 예술가는 종종 고통스럽지만 어려운 과제를 해결함으로써 가장 큰 행복을 느낀다. 전 생애를 거쳐 목적을 추구하는 일은 자신의 생애를 체계화할 수 있고 삶의 의미와 활력을 불어넣을 뿐 아니라 왜 우리가 배우고 성취해야 하는지 동기를 부여한다.

2. 청소년 시기는 왜? 라는 질문을 던지는 시간이다.

이때는 호기심, 탐색, 도전, 모험심이 꿈틀거려야 하고 때로는 위험하더라도 갇힌 울타리를 스스로 탈출할 줄 알아야 한다. 그런데 우리의 가정과 사회와 학교와 국가는 이들을 대학 입시라는 성적순 줄 세우기에 몰아넣고 꼼짝 못 하게 하고 있다. 참으로 답답한 현실이다. 일찍이 '굼벵이도 구르는 재주는 있다고 하였다.' 사람은 누구나 자기만의 취미와 특기와 뛰어난 재능이 있다. 바로 이것을 한 번 제대로 찾을 기회도 주지 못한 채 '획일적 과목 성적순 줄 세우기 놀음판'을 벌이고 있다.

얼마 전 뉴스에서는 '문제 풀이식, 수학 공부가 수학을 망친다.'라는 심각성을 질책하였다. 청소년 시기는 자유권, 선택권, 결정권이 주어져야 한다. 부모, 교사, 학교, 사회, 국가는 청소년들이 자신들의 권리를 제대로 올바르게 행사할 수 있도록 지도, 조언을 해주어야 한다. 그리하여 그들이 미래의 자신이 건강하고 행복하고 이웃과 사회 및 국가에 유익한 인간으로 성장할 수 있도록 뒷받침이 되어야 한다.

우리는 어린이 시기는 인생의 원동력이 싹트는 중요한 시기이고 청소년 시기는 상상력과 호기심이 활기차게 움직여서 실패를 두려워하지 않고 탐구와 모험심이 자라야 하는 시기이다. 그러려면 학교의 교과서 안에서만 맴돌지 말고 그들이 폭넓고 다양한 독서를 하고 여러 다양한 체험을 하고 상상과 모험을 하게 해야 한다. 인생과 대자연과 우주를 향하여 보고, 듣고, 읽고, 생각하고, 비판하고 토론하는 등 다양한 것을 체험하는 시간을 제공해주어야 한다. 그것이 바로 교육이다. 가정, 학교, 사회 어디에서나 청소년이 왜? 라는 질문을 할 수 있게 해야 한다. 그런데 지금 우리는 그 싹을 짓밟고 있는 실정이다.

3. 청소년기는 긍정적 또는 부정적 인간 형성의 시기이다.
아직 청소년기는 어떤 인간으로 형성되기 위한 입문의 시기로 이때의 시간을 어떻게 보내느냐에 따라 긍정적, 부정적, 진취적,

소극적, 특히 외향적, 내향적 인간 형성이 되는 시기이다. 이때는 친구, 가정, 학교 등 자신이 처한 여러 환경 요인에 큰 영향을 받는다. 이때는 비록 실패하더라도 다시 도전하고 노력할 수 있도록 격려와 칭찬, 지원 및 뒷받침 조력자 역할이 필요하다. 특히 기성세대는 이들을 인내로 지켜봐 주고 청소년들이 스스로 나아갈 방향을 설정해서 바람직하게 성장할 수 있도록 도움을 주어야 한다.

특히 자신의 인생은 끝까지 자신의 능력을 발휘하여 사는 것이라는 자립심을 키우고 이기심보다는 이타심으로 세상을 살아갈 수 있도록 도움을 주어야 한다. 바로 이 시절에 '나 때문에 가정, 이웃, 사회, 국가, 더 나아가 인류가 행복할 수 있는 인물의 싹이 트고 무럭무럭 자랄 수 있어야 한다. 이때는 인생과 세상을 높고 깊고 넓게 볼 수 있는 안목을 키워 주어야 한다. 무엇보다 부모와 학교의 역할이 가장 중요한데 너무 영향이 미흡하여 안타깝다.

지금 현대사회는 더욱이 우리나라는 유년기와 청소년 시절에 인격 수양에 전혀 매진하지 못하고 스스로의 힘으로 성공하는 과정과 힘을 축적하지 못하고 있다. 어쩌면 엉뚱한 것에 시간을 낭비하고 있다는 현실이다. 어린이 시기와 청소년기를 잘 보내면 젊은 청춘 시절을 맞았을 때 자신이 나아갈 자신의 청사진을 마련하고 자신의 길에 확신을 갖고 리더십도 능히 발휘할 수 있는 삶을 살 수 있게 된다.

4. 어떤 가치를 심어 줄 것인가?

대부분의 청소년은 그들이 살아가는 공동체와 대중문화에 흠뻑 빠져 산다. 그러나 다행히도 몇몇 청소년은 자신에게 예감을 주는 목표와 목적 그리고 그것을 달성하는 데 필요한 실용적 수단을 가르쳐 주는 멘토를 찾는 경우가 있다. 그들 중 극소수이지만 몇몇은 우리 사회의 미디어와 교육기관들이 만들어 낼 수 있는 가장 최신과 최상의 예술, 역사, 문학 분야의 공연이나 발표회를 통해 혜택을 누릴 수 있다. 하지만 청소년 대부분은 기회와 격려의 부족으로 표류하게 된다. 이러한 청소년은 성적이고 경박하고 물질적인 요소를 적나라하게 보여 주는 대중미디어에 휘둘리게 된다.

청소년을 대상으로 하는 웹 페이지, 케이블 텔레비전 쇼, 대중서적, 대중음악이 무작위로 범람하고 있다. 그들이 쉽게 물들 수 있는 퇴폐풍조의 온상이다. 이런 현대사회의 매스미디어 시장을 '하향평준화 경주'라고 묘사한다. 기성세대와 어른들은 청소년들에게 적절한 제재를 가하고 한편 영감을 줄 수 있는 건전한 문화적 환경을 조성하는 일에 적극 나서야 한다.

한편 자신에게 주어진 여러 가지 일들에 참여할 수 있음에 감사

할 줄 아는 태도, 세상을 위해 공헌할 기회를 가질 수 있음에 감
사할 수 있는 태도는 목적의식이 뚜렷한 사람들에게서 공통으로
나타나는 태도였다.

5. 성공을 경험하라.

청소년 때는 실패를 경험하는 것이 또다시 도전하기 위한 자극
제가 될 수 있지만 성공을 경험해야 하는 중요한 시기이다. 다음
은 청소년 시기에 목적에 이르는 길을 찾는 몇 가지 단계이다.

1) 가족 구성원 밖의 사람들로부터 영감을 얻는 대화

2) 자신의 영역에서 목적 지향적인 사람들 관찰하기

3) 세상을 변화시키고 개선할 수 있다는 계시의 첫 순간 체험하기

4) 내 힘으로 어떤 일에 공헌할 수 있다는 계시의 두 번째 순간

5) 무언가를 성취하기 위한 최초의 시도와 목적 확인

6) 가족의 지원

7) 중대한 결과를 가져올 수 있는 포괄적인 방향의 노력

8) 목적 추구를 위해 필요한 기능 습득

9) 현실적인 유능함의 증대

10) 낙천성과 자신감의 향상

11) 목적에 대한 장기적인 헌신

12) 하나의 목적을 추구하며 얻은 능력과 성격적 강점을 삶의
다른 영역으로 이전하기

자신이 목표로 한 과제를 한 번이라도 수행한 청소년은 이 과정을 통해 일어난 사건이나 활동에 의해 인격에 변화가 일어나기 시작한다. 필요에 의해 청소년들은 지혜와 끈기, 노하우, 위기나 일시적 후퇴에 대한 저항력과 같은 능력을 습득하게 된다. 근면, 책임감, 자신감, 겸손과 같은 인격적 미덕은 도전하고 있는 목적에 헌신하고 성공적으로 이끌었을 때 성취하는 경험을 통하여 힘을 얻게 된다.

더 나아가 가정이나 학교에서 배웠던 것들을 뛰어넘는 모든 종류(언어, 수리, 문화 등)의 능력이 개발된다. 더 중요한 것은 이럴 경우 기업가적 모험을 통해 성공이나 실패를 경험함으로써 세상에서 자신이 무엇을 할 수 있는지 잠재적인 능력과 야심에 대한 관점을 발전시킬 수 있다.

현대 문명사회는 급변하게 발전하고 있다. 하루가 다르게 변화하고 있다. 지금까지 인간 고유의 영역인 창작도 인공지능이 넘보는 놀라운 세상이 되었다. '시아(SIA)'라는 AI 작가가 20여 편의 시를 지어서 8월 12~14일 서울 대학로 예술극장에서 시극 공연을 하였다. 이것은 가까운 미래에 인간을 능가하는 인공지능 시대를 내다보게 된다. 자칫 인공지능에게 인간이 지배당하는 현상이 생기지 않을까? 의문을 던지게 된다. 모든 산업에 첨단 기계가 공장에서 무섭게 일을 한다. 그리고 컴퓨터가 인간이 할 정신노동을 도맡아 하고 있다. 그런데 창작 활동까지 인공지능에게 인간이 자리를 뺏긴다면 과연 이 세상은 어떻게 될까?

한 과학 잡지의 칼럼에서 앞으로 '인간은 인공지능 인간과 행복하게 살 수 있다.'는 것이다. 이 세상에 자신과 100% 맞는 인간은 도저히 없지만, 영원히 죽지 않고 자신에게 100% 쏙 마음에 맞는 인공지능 애인은 있다는 것이다. 참으로 가공할 놀라운 일이다.

그리고 지난 8월 5일 오전 8시 8분^(한국 시각)에 미국 플로리다주 케이프커네버럴 우주군기지 발사장에서 '한국의 첫 달 궤도선 다누리호'가 발사되어 성공하였다. 이로써 우리나라는 세계 7대 우주 강국으로 발돋움하게 되었다.

이제 앞으로는 머리가 월등히 우수한 국민이 사는 국가가 선진 문화 강국이 된다. 명실공히 인간의 우수한 두뇌가 가장 선두에 서서 인류를 지배하는 세상이 된다. 지금부터 우리나라는 청소년이 우수한 지혜와 창의력 및 개척 능력을 온 지구촌에 널리 떨치는 인재가 되도록 온 국민과 국가가 뒷받침을 잘하고 지원과 노력을 기울여야 한다.

과학과 신앙 사이

매일 아침 바쁜 출근길 도심의 풍경을 본다. 이사 왔을 때 처음에는 나도 '저런 지난 날이 있었지.' 하는 마음에 바라보는 모습이 정겨웠는데 그 당시 다람쥐 쳇바퀴 돌던 꽉 메인 혹독한 직장 생활이 떠올라 깜짝 놀랐다.

그리고 여기까지 와서 '나는, 지금 무엇인가?' 순간 생각이 스쳤다. 대부분 모를 것이다. 11월 늦가을은 나무처럼 삶에 매듭이 하나씩 생기는 시간이라는 것, 푸른 잎이 온통 붉은 단풍으로 저녁 노을과 물들고 우수수 낙엽으로 찬 바람결에 흩날리더니 마지막 한 잎만 남을 때 우리의 삶은 또 하나 나이테가 생기는 나무가 되어 된서리 살얼음 밤을 마주하는 호롱불이 된다.

너무 감성적으로 젖었나? 하여튼 가을은 우리 자신을 가만히 두지 않는다. 우리는 지금 정신없이 급변하는 첨단 과학 문명 속에 편리하고 편한 혜택을 누리며 살고 있다. 개인 생활과 가정, 학교 및 직장과 기업 등 인간의 모든 삶 깊이 어느 곳이나 컴퓨터, 인터넷, 핸드폰 사용 천국이 되었다. 이에 대한 반작용으로 육체보다 정신적 노동에 더 치중하고 학교는 넓은 운동장보다 체육관에서 운동을 하고 아무 곳에서나 간단히 할 수 있는 스트레칭도 헬스장 가서 운동을 하는 습관이 생겼다.

자칫 비만의 뚱뚱한 몸, 또는 하체가 약한 비정상의 몸매가 되는 기형으로 살까 봐 염려되는 청소년이 늘고 있다. 이미 초등학생부터 청소년, 성인에 이르기까지 핸드폰에 너무 정신이 팔려 있고 컴퓨터 게임에 중독되어 문해력 저하와 건전한 정신력 파괴 등 사회적 문제가 발생하고 있다. 현실에서는 별 볼 일 없는 평범한 나 자신이지만 가상 속 나 자신은 당당히 주인공이 되고 영웅이 되어 세상을 뒤흔드는 컴퓨터 속 가상 세상이 현대 사람들을 유혹한다. 지금 벌써 인공지능의 AI 인간의 등장이란 엄청난 시나리오가 다가온다.

인간의 두뇌를 엄청나게 능가하는 정확한 계산력, 인간의 사고력과 상상력까지 뛰어넘는 시 창작 능력과 그림 실력 등은 벌써 입증되고 있다. 이제 신의 영역까지 침범하는 우주로 향한 인간의 최첨단 과학기술은 우리나라를 지난 '다누리호' 발사 성공으로 지구촌 7대 우주 강국의 대열에 우뚝 올라서게 하였다.

지금부터 현대 과학 문명 속에 사는 우리 인간은 더욱 질 높은 향상된 삶을 살기 위해서 깊이 고뇌하는 연구로 더욱 탁월한 지혜의 능력을 발휘해야 한다.

올해 5월에 나를 사로잡은 책이 나왔다. 「과학과 신앙 사이」라는 책이다. 물리학자 김도현 신부의 '과학 시대의 신앙'에 대한 책인데 많은 사람들이 한 번 꼭 읽기를 권하고 싶은 저서이다. 종교가 있든 없든 누구나 읽어 보았으면 좋겠다.

인간은 한마디로 명쾌하게 꼬집어 정의를 내릴 수 없는 복잡하고 복합적인 존재이다. 가장 근본적인 생리적, 감정적, 동물적인 존재로부터 철학적, 심미적, 예술적, 윤리적인 고도의 두뇌를 가진 존재이다.

지금 지구상에서 유일하게 최첨단 과학 문명 21세기를 살고 있는데 인간은 점점 더욱 뛰어난 두뇌로 고도의 지혜를 발휘하여 앞으로 과학 문명이 낳을 두려운 반작용도 염려되고 있다. 그러므로 이제부터 과학과 신앙의 관계와 과제를 어떻게 잘 해결할 것인가? 현대인은 하나의 큰 화두가 아닐 수 없다. 특히 16~18세기 계몽주의 이후 지금까지 계속 대립 관계였던 이슈는 더욱 서로의 발전을 위해서도 서로 엉킨 실타래를 잘 풀어야 한다.

먼저 과학과 신앙은 처음부터 본질적으로 서로 조화를 이룰 수 없는 관계라고 할 수 있다. 서로 도저히 융합할 수 없는 물과 기름 같은 관계이다. 먼저 특징부터 살펴본다.

1) 과학의 특징
① 자연 또는 사회에서 발견되는 경험적인 사건이나 현상을 관찰하는 것으로부터 출발한다.
② 경험 법칙과 원리들을 계속 찾아가는 방식을 통해 발전한다.
③ 경험적 확실한 검증으로 더욱 고차원의 법칙과 원리로 발전한다.

2) 신앙의 특징
① 신앙은 경험적이 아니고 선험적 즉 하늘로부터 유일회적(惟一回的)인 계시로 일어나는 현상이다.
② 그것이 나중에 점점 자신의 마음 안에서 내면화되는 과정을 거쳐 신앙이 더욱 깊어지게 된다.
③ 세상의 모든 사건은 특정한 법칙이나 원리만으로는 설명 불가능한 것이 있다. 특히 신적 존재의 계시는 유일한 고유성을 갖는다.

위의 두 특징에서 나타나는 것처럼 서로는 뚜렷이 다르다. 과학은 자연현상과 인간의 실생활 즉 실제 경험으로부터 출발하는 지상, 즉 밑으로부터 위로 올라가는 방향성을 갖는다. 이것은 형이하학에서 범위를 확대하여 형이상학을 탐구한다. 반면에 신앙은 하늘의 신으로부터 아래 지상의 인간으로 즉 형이상학에서 형이하학으로 귀결되는 정반대의 방향성을 갖는다.

과학은 경험과 법칙, 원리를 가장 중요시하는데 반면 신앙은 유일회적(柳逸回的) 계시나 기적을 중요시한다. 과학은 엄밀하고 확실한 분석을 거쳐 재형성 보편성으로 논증되는데 신앙은 계시 내용을 분석한다. 과학은 정확한 데이터 축적으로 논증되는데 종교는 자신의 신앙적 개인 경험이 중요하다. 과학은 결국 경험적 사실들이 재현될 수 있고 보편적이고 객관적이고 타당해야 하는데 신앙은 자신의 주관적 확고한 믿음이 가장 중요하다.

한정된 지면상 과학과 신앙의 비교를 더 이상 할 수 없다. 그래서 김도현 신부도 둘의 비교는 팽팽한 평행선을 달릴 것을 예측하고 '과학과 신앙 사이'의 사이를 이 저서에서 중요하게 주시하고 과학과 신앙이 인간에게 현재와 미래에 질 높은 삶을 위해 어떻게 발전해야 할까? 하는 과제를 가장 중요시했다.

결국 과학과 신앙은 인간에게서 나온 산물이다. 우주와 지구에

신과 같은 유일한 존재인 인간이 어떻게 잘 살 수 있을까? 이 문제로 과학과 신앙은 등장한 것이다. 그래서 과학과 신앙을 좀 더 실상을 서로 알아야 한다.

여기서 모세의 계시 사건을 짚어 본다. 모세는 자신이 속한 히브리인들로부터 떨어져 나와서 미디안 사람들과 같이 양을 치면서 살았다. 어느 날 떨기나무에서 갑자기 이상한 목소리가 들려왔다.

"모세야! 모세야! 나는 아브라함의 하나님, 이삭의 하나님, 야곱의 하나님이다. 너는 네 백성을 이끌고 약속된 땅으로 들어가라."

이것은 이 세상 어느 누구도 도저히 경험해 보지 못했고 앞으로도 아무도 경험할 수 없는 오직 모세만이 경험하는 유일한 계시이다. 여기에서 과학과 신앙은 대립하고 충돌하고 갈등하게 된다. 지금 현대인들은 무신론자와 유신론자로 갈라져 있다. 경험적, 객관적, 보편적, 증명적인 것과 선험적, 주관적, 필연적, 절대적인 것의 두 양상의 대립이다. 참으로 어려운 과제이고 어쩌면 영원히 풀 수 없는 인간이 한계에 직면하였다고 생각하게 된다.

구약 성경 출애굽기에 나오는 '시나이산'의 '십계명' 기적도 과학자들과 대다수 현대인은 쉽게 이해하기 힘들다. 십자가에 못박혀 죽은 예수가 3일 만에 부활한 기적도 마찬가지이다. 가장 크게 과학과 신앙이 충돌하는 것은 성경의 창조론이다.

지금부터 6천여 년 전에 우주와 지구 인류의 첫 조상은 하느님께서 행하신 6일간의 창조로 인해 생겨났다. 이에 반하여 물리학자들은 우리의 우주는 138억 년 전에 있었던 '빅뱅'이라는 사건에 의해 생겨났다고 주장한다.

스티븐 호킹(Stephen Hawking, 1942~2018)은 1970년대에 블랙홀과 빅뱅 우주론에 관한 연구에서 2010년 출판된 「위대한 설계(The Grand Dessign)」를 통해 '빅뱅은 물리학 법칙만이 작용한 결과로 이 과정을 통하여 우주가 자연스럽게 탄생되었고 유신론과 연관된 우주 창조 개념은 전혀 필요하지 않다.'라고 주장하여 세상을 놀라게 하였다. 스티븐 호킹의 우주론을 요약하면 다음과 같다.

① 어느 순간 확률적으로 우연히 빅뱅이 일어나 우주가 탄생하였다.
② 그 후 우주가 팽창하면서 별과 행성, 은하계 등이 나타나서 우주의 진화 과정을 거치게 되었다.
③ 그런 후 확률적으로 우연히 생명체가 생존할 수 있는 적절한 조건 즉 온도, 압력, 물, 공기가 지구에 형성되어 최초 원시

생명체가 나타나고 그것이 점차적으로 진화하여 오늘에 이르렀다.

그리고 진화론자들은 인류의 출현은 점진적으로 진화를 거쳐서 현재의 '호모사피엔스'가 나타났다고 주장한다. 그리하여 이 지구상에는 지구는 평평하고 태양이 지구를 돈다고 믿은 중세기 천동설 시대에는 유신론이 팽배하였지만, 지구는 둥글고 지구가 태양을 돈다고 믿게 된 지동설 계몽주의 시대부터 현재에 이르기까지 무신론이 확산하였다.

그러나 유신론에서 과학의 한계를 지적하는 것에 귀를 기울여야 한다. 우선 과학은 정말 모든 현상의 근본 원인과 이유를 완벽하게 설명할 수 있는가? 날카롭게 질문을 던진다. 이것에 과학은 지금 당장은 아니지만 결국 궁극적으로 모든 현상의 근본 원인과 이유를 명쾌히 밝혀낼 수 있다고 주장한다. 모든 결과에는 그런 결과가 나오게 된 원인인 필연이 있다. 바로 이것이 과학의 예리한 시각이다.

여기에서 신앙이 지적하는 과학의 한계를 하나 살펴본다. 만유인력의 법칙에 대하여 뉴턴(Neuton, 1643~1727)은 1687년에 저술한 「자연 철학의 수학적 원리」에서 다음과 같이 주장하였다.

질량을 가진 두 물체가 있을 때 그 두 물체는 서로 떨어진 거리의 제곱에 반비례하게 서로 잡아당긴다.

이 법칙은 우주에 존재하는 태양계, 은하계 등의 안정성을 설명하는데 특히 필요한 법칙이다. 왜, 두 물체는 서로 떨어진 거리의 제곱에 반비례하는가?(신학자의 질문) 이것에 대한 물리학자들의 설명은 경험적으로 지속적인 관찰 결과 떨어진 거리의 반비례하여 잡아당기는 현상이 나타난다는 것이다.

물리학자들은 아직 근본 원인을 명확히 밝히지는 못하지만 궁극적으로 과학은 밝혀낼 수 있다고 주장한다. 그러면서 과학은 오늘까지 진리가 내일은 진리가 아닐 수 있고 계속 변하고 발전한다고 주장한다. 그러나 신앙의 창조론이나 과학의 우주론과 진화론은 모두 공통적인 과오를 범하고 있다.

서로 모두 매우 낮은 확률과 우연히 창조되었다는 창조론과 정확하지 않은 확률에 의한 빅뱅과 우연히 팽창하였다는 우주론은 모두 공통적으로 근본 원인을 못 밝힌 채 서로 상대에게 질문을 던지고 있다.

여기에서 문제는 인간이 문제이다. 하늘 땅 사이에서 하늘과 땅을 잇는 인간이 가장 중요하다. 바로 인간은 하늘과 땅 사이에서 만물의 영장이라는 주목을 받기 때문이다. 땅과 하늘은 정신이 없고 영혼이 없고 언어도 없고 오직 침묵만 가득할 뿐이다. 오직 인간만이 정신이 있고 영혼이 있고 언어가 있어서 땅과 하늘은 다만 인간이 사는 공간이고 터전이고 무대일 뿐이다. 그리고 땅과 하늘은 고적한 침묵으로 엄청난 비밀을 간직하고 있을 뿐이다. 오직 인간만이 만물의 영장으로서 지구의 대자연과 해와 달과 무수한 별이 있는 우주의 비밀을 풀 수 있는 열쇠를 쥐고 있다.

갑자기 우리나라 동학 3대 교주 손병희 선생의 인내천(人乃天) 사상 즉 '인간이 곧 하늘이다.'라는 교리가 떠오른다. 참으로 기막힌 경전이다. 여기에서 동학의 인내천 사상의 등장은 '인간이 곧 신(神)이다.'라는 것을 강조하려는 것이 아니다. 원래 인내천 사상은 단군 건국이념인 '홍익인간(弘益人間) 즉 인간을 널리 이롭게 한다.'는 사상과 밀접한 관계가 있어서 '인간은 세상 만물 중에서 가장 귀중하게 생각한다.'라는 의미를 말하기 위함이다.

모든 것은 인간으로부터 인간에게서 나왔다. 유신론, 무신론 역시 물론 인간에게서 나온 산물이다. 나는 여기에서 인간이 어떤 존재인지 정확히 알면 '과학과 신앙 사이'가 어떻게 정립되어야 하는지 알 수 있다고 본다.

먼저 과학은 물질에 관심이 집중된다. 반면에 신앙은 영혼 즉 정신에 관심이 집중된다. 인간은 육체와 정신으로 구성되어 있다. 즉 둘의 요소를 다 내재하고 있다. 어느 하나를 배척할 수 없는 존재이다.

인간은 잘 살려면 둘 다 중요하고 필요하다. 지금 인간은 고도의 첨단 과학이 위력을 발휘하여 지구 밖 우주 어딘가에 살 터전을 꿈꾸고 있다. 이것은 신의 영역을 침범한다고 볼 수 있다. 뛰어난 의학과 생명공학 기술을 이용하여 인간의 수명을 100세 이상 늘리고 있다. 이것 역시 신에게 도전하는 것이라고 볼 수 있다. 자칫 과학으로 모든 것을 해결하고 과학만이 오직 인간이 살길이라는 과학만능주의는 인간을 오만하게 만든다.

지금 과학은 인간의 능력과 지혜를 뛰어넘는 인공지능 인간을 만들려고 꿈꾼다. 얼마나 어마어마한 일인가? 만일 인간이 오히려 인공지능의 인간에게 지배를 당한다면 상상만 해도 끔찍한 일이다.

신앙은 항상 죽음을 상기시키고 짧은 인간의 유한성을 제시하면서 겸허한 삶을 살게 하고 너무 짧은 인생이기에 더욱 복되고 값지게 살고 싶은 희망을 갖게 한다. 그래서 인간은 숱한 희로애락을 겪고 온갖 만고풍상에 시달리면서 눈물겹게 살아간다.

지나치게 과학에만 의존하고 투자하면 오히려 과학에 지배당하는 신세가 될 수 있다. 과학은 정의와 진리와 선악에는 별 관심이 없다. 그래서 과학은 선의 세력을 키울 수도 있고 악의 세력을 확장할 수도 있다. 혹시 상상을 초월하는 선과 악의 치열한 소굴 속에 살까 두렵다.

인간은 자신 속에 동전의 양면처럼 선과 악을 동시에 갖고 있는 존재이다. 그러므로 기도하고 회개하고 항상 자신을 되돌아보는 시간을 가져야 한다.

한 가지 흥미 있는 기사를 읽었다. 지난 10월 8일 '미국 플로리다주 케이프커내버럴 우주군기지'에서 '스페이스 X의 팰컨9' 로켓을 발사했는데 그때 둥근 달을 배경으로 하여 우주로 멋지게 쏘아 올렸다고 한다. 그때 과학자 중 누군가 로켓과 달을 보면서 성공하기를 간절히 기도하고 사진도 찍었으리라 믿는다.

이제 마무리를 지으려 한다. 「과학과 신앙 사이」라는 모처럼 귀한 책을 읽었다. 인간은 과학과 신앙을 조화롭게 소유하고 공유하고 앞으로 더욱 복되고 가치 있게 살기 위해서 과학과 신앙이 서로 부족한 것을 채우고 발전되어야 한다. 인류는 이것을 위해 더욱 매진해야 한다.

가을이다. 공주 월산리 시골을 자주 들락거렸다. 붉게 물드는 단풍이 찾아오더니 만추의 산천이 눈길을 사로잡았다. 그런데 어느새 뒷걸음치는 늦가을이다. 이런 사계절이 뚜렷한 지구에서 이렇게 살아간다는 사실, 참으로 경이롭다. 인간은 생각하는 갈대이다. 파스칼의 말을 되새기면서 나는 또 한 번의 나이테를 두르는 나무가 된다.

더 높은 삶을 향하여
—「존엄하게 산다는 것」(게랄트 휘터)을 읽고

또 한 번 봄이 왔다. 다시 도전하고 새로 시작하는 기회를 만났다는 희망을 갖는다. 인간은 날개가 없지만 새보다 더 높이 더 멀리 날 수 있는 날개가 있다. 생각하고 상상하는 힘, 고도로 발달한 말과 글(文字)은 무궁무진하게 비약하는 인간의 날개이다. 나는 항상 상상의 나래를 펴고 지난겨울을 보냈다.

낮보다 밤이 길고 따뜻한 날보다 혹독하게 추운 날이 많은 긴 겨울 집안에 갇혀 겨울나무처럼 뿌리를 깊이 뻗으며 살았다. 한편 겨울새처럼 훨훨 사방을 날면서 살았다. 즉 겨울나무새가 된 셈이다.

거실에서 한없이 창밖을 내다보는 한 마리 겨울나무새는 또 다른 엉뚱한 방향으로 날았다. 겨울을 모르는 꽃은 참 좁은 세상을 사는 그저 연한 고운 꽃이구나. 따뜻한 거실의 화분, 알맞은 온도와 습도의 화원의 꽃들….

매서운 찬바람을 견디고 거센 눈보라의 설원 속에 파묻힌 고통에서 봄을 만나야 눈앞에 펼쳐진 춘사월 세상이 얼마나 경이로운지 절실히 알고 더 그윽한 향기를 풍기는 꽃이 될 텐데 우리 인생사도 이와 같지 않을까?

우리나라는 작년에 엄청난 큰 성공을 이룬 것이 있다. 2022년 8월 5일 달 탐사선 '다누리호'가 발사되어 4개월 이상 항해 끝에 드디어 12월 17일 달 궤도에 무사히 도착하였다는 과학 7대 선진국의 톱뉴스 소식이다. 나는 이 소식을 들은 후 높이 치솟은 아파트와 아파트 사이에 떠 있는 둥근 달을 바라보면서 깊고 많은 생각에 잠겼다.

창문을 열고 팔을 뻗으면 붙잡을 것만 같은 환한 달이 새삼스럽게 친근감을 주었다. 그런데 지구로부터 38만Km 떨어져 있고 2, 3일 걸려야 달에 도착한다는 것이다. 그런데 한 가지 의심되는 것은 '다누리호'는 우주 한복판 160만km 까마득히 멀리 갔다가 되돌아와 달 궤도에 진입하였다는 것이다.

왜 그랬을까? 그것은 '다누리호'가 속도를 높이거나 방향을 바꿀 때는 연료가 많이 소모되는데 그냥 자연스러운 자가 속도로 가면 연료 소비가 적기 때문이란다. 즉 자기 속도로 항행하다가 태양과 지구의 중력이 균형을 이루는 지점에서 추력기를 작동하면 빠른 속도로 신속히 방향을 바꾸어서 이때 절약한 연료는 필요에 따라 속도를 높이거나 궤도 수정 등에 사용할 수 있다는 것이다.

'다누리호'는 2월부터 달 궤도를 하루 12회 공전하며 맡은 임무를 수행한다고 한다. 참으로 경이로운 일이다. 지금 다누리호는 열심히 지구를 돌면서 관찰하는 달 표면을 열심히 촬영하여 지구로 전송할 것이다.

이제 21세기 우주개발에 선두 주자가 된 우리나라는 반도체와 2차 전지, 디스플레이, 조선, 자동차, 원자력 등에서 두각을 나타내어 한강의 제3의 기적을 이룩하였다.

최근 우리나라는 '존엄한 삶'에 대한 관심과 기대가 높고 논의가 고조되고 있다. 이런 현상은 여러 가지 원인과 근본 바탕이 누적된 결과이다. 무엇보다 개인 이기주의와 가정, 사회 또는 집단의 이기주의가 확산하고 흑백논리의 팽배로 나와 생각이 다르면 원수나 적으로 치부하는 풍조 때문이다.

특히 진실과 정의와는 거리가 먼 가짜 뉴스 확산, 어지러운 허위 언론이 판을 치는 부조리 현상이 결국 이타주의를 갈망하게 되었다. 내가 이익을 얻으려면 남의 것을 빼앗는 것이 아니라 서로 함께 이익을 얻을 수 있도록 노력해야 한다는 삶의 원리를 뒤늦게 발견한 것이다.

지금 극단으로 치달리는 정치와 언론의 치열한 이기주의 현상은 자칫 국민의 판단과 선택을 혼란에 빠트리고 어지럽히고 있다. 그럴수록 올바른 상식과 지성과 윤리는 인간의 가치와 존엄을 찾고 올바른 살길을 갈망한다.

나는 근래에 「내가 존엄하려면 타인의 존엄부터 챙겨야 한다」는 책을 읽게 되었다. 모처럼 가뭄에 단비처럼 반가운 독서를 한 것이다. 현재 혐오와 모멸의 시대로 달리는 우리 한국 사회에 가장 절실한 화두 '인간의 존엄'에 대하여 생각하는 기회를 얻게 되어 매우 의미가 컸다.

「존엄하게 산다는 것」은 독일의 저명한 신경생물학자 '게랄트 휘터(Prof. Dr. Gerald Htirher, 68세)'의 저서이다. 그는 인간다운 삶의 가장 중요한 첫째 조건으로 존엄을 역설한다. 그는 존엄은 저절로 얻어지는 것이 아니라고 강조한다. 그래서 존엄이 어떻게 생성되고 무너지는지 뇌 과학적으로 분석하였다.

그에 따르면 존엄은 인간이 태어날 때부터 뇌에 새겨져 있는 감각이지만 타인과의 관계 속에서만 겉으로 드러난다고 하였다. 이것은 역으로 말하면 타인에게 짓밟히기도 한다는 것이다. 또한 내가 타인의 존엄을 무너트릴 수 있다는 것이다.

지금 우리 사회는 나 자신의 존엄은 소중히 여기고 강조하면서 이웃과 타인의 존엄은 짓밟으면서 존엄을 외치는 형국이 되었다. 그래서 저자는 나의 존엄을 보장하고 잘 지키려면 타인의 존엄부터 존중해야 한다고 강조한다.

특히 우리 사회는 사회 사각지대의 소수자와 약자의 존엄을 위해 관심을 기울이고 그들이 존엄을 위해 노력해야 함을 일깨운다. 이것은 현재 차별과 배척, 혐오와 모멸로 가득찬 우리 사회에 경종을 울리는 강한 메시지이다.

1. 내면의 나침반을 가져야 한다.

우리 인간의 뇌는 진정으로 이해한 지식이나 깨달은 사실은 두 뇌의 감정적인 영역을 활성화하여 우리를 일깨우고 움직인다. 즉 만일 당신이 어느 날 갑자기 인생에서 가장 중요한 것이 무엇인지를 이해하고 깨달았다면 그 순간 이후부터 당신은 결코 이전에 살았던 방식대로 살지 않을 것이다.

인간의 뇌는 다른 동물과 달리 생각과 감정, 행동을 이끌어 내는 패턴이 정해져 있지 않다. 그래서 인간은 한 개인으로서 인생에서 가장 중요한 것이 무엇인지를 배우는 과정이 필요하다.

개인적인 경험을 통해 형성되고 뇌에 뿌리를 내린 뉴런의 연결 패턴을 토대로 우리는 어떤 결정을 내리거나 우리의 태도를 통제할 때 방향을 잡게 된다.

이렇게 살아가면서 형성되는 각각의 연결 패턴들은 한 사람의 인생을 만들어 가는 데 매우 중요한 역할을 한다. 여기에서 자신과 서로 관계를 맺은 타인은 매우 중요한 영향을 미친다. 또 개인적으로 처한 사회적, 문화적, 경제적 조건에 적응하는 과정에서 패턴이 형성 발전하기도 한다.

그런데 가장 유념하고 강조하는 것은 한 개인으로 살아가면서 형성되는 '내면의 나침반'이다. 즉 외부로부터 밀려오는 요구나 압력에 자신을 잃지 않도록 하는 본래 자신의 모습을 지켜 줄 내면의 나침반이 있어야 한다. 그 어떤 순간적 달콤한 유혹에도 자신을 일깨우고 강인하게 뿌리내린 내면의 힘, 바로 나 자신 내면의 나침반이다.

이것은 신경 생물학적 측면에서 보면 '내적 표상'이다. 다시 말하면 어떤 유혹받는 상황에서 활성화되는 나라는 정체성과 긴밀하게 얽혀 있는 뉴런의 패턴이다. 여기에서 우리 사회가 이미 오래전에 잊어버린 그러나 아름다운 단어 바로 '존엄'이다.

2. 존엄의 정의

나는 인간은 동물처럼 본능으로 사는 단순한 생명체가 아니고 고도의 지적(知的) 생명체로서 인간애(人間愛)를 실행할 때 결실을 얻는다고 생각한다. 먼저 존엄의 정의(존엄의 본질)를 알아야 한다.

존엄은 내면의 확신으로 깊게 뿌리박혀 한 사람에게 인간으로서의 특성을 부여하며 그 고유의 인간 됨이 표출되도록 하는 관념이다. 이 정의는 지금까지 많은 철학자로부터 현대에 이르러 정신과학 분야를 내포하는 이들까지 많은 사람들이 존엄에 대한 정의를 내리기 위한 노력에 의한 결과이다.

그만큼 존엄은 바로 인간다움의 가치란 무엇인가를 밝히는 데 매우 중요한 의미를 지닌 개념이기 때문이다. 자신의 존엄성을 인식하는 인간은 결코 유혹에 현혹되지 않는다. 인간의 존엄성은 나라마다 불가침 조항으로 보호받고 있다. 이는 인간의 존엄성은 절대로 침해될 수 없으며 태어나는 순간부터 죽는 날까지 인간이 가지고 있는 누구에게나 주어진 고유의 권리이다. 우리나라도 헌법에 명시되어 있다.

3. 존엄을 위한 난관

　대한민국의 주권은 국민에게 있고 모든 권력은 국민으로부터 나온다. 그러나 정치인 특히 국회의원들의 행태를 보면 개탄스럽고 분노가 하늘을 치솟을 지경이다. 국민이 국가의 주인임을 까마득히 망각한 채 자신이 국가의 통치자인 양 행세하면서 국민 앞에 자신이 국가를 위해 헌신하는 애국자가 되어야 할 지성인들의 도리와 양심과 상식과 윤리를 망각한 채 사리사욕에 눈이 멀고 당리당략에만 혈안이 되어 나라를 망치는 매국노의 작태를 보이는 국회의원이 여당과 야당이란 흑백 논리에 얽매여 국회에서 몰상식하게 다투면서 삿대질하는 한심한 모습을 연일 연출하고 있다.

　오히려 힘없고 나약한 국민이 세금을 성실히 납부하고 법과 질서를 지키면서 묵묵히 맡은 바 임무를 성실히 다하여 날마다 국가를 꿋꿋이 지탱하는 기둥이 되고 있다. 대다수의 평범한 국민이 양심과 상식과 윤리에 따라 살면서 재난이나 홍수 등 어려운 일이 닥치면 서로 힘을 모아 해결하고 때로는 장애인이나 노약자와 환자 등 어려운 이웃을 사랑과 온정과 용기를 발휘하여 극한의 위험이나 불안에서 구출하는 것도 정치인이나 힘 있는 자들이 아니고 일반 대중의 시민이다.

　결국 여기서 근본적으로 강조하는 것은 인간의 삶에서 타인의

존엄을 해치는 것은 바로 자신의 생명이나 존엄을 해치는 것이라
는 점이다.

  살아가면서 망각하지 말고 명심해야 할 것은 특히 어떤 이해관
계로 첨예하게 대립되었을 때 인간은 항상 상호 공존 공생을 삶
의 밑바탕에 뿌리를 튼튼히 내려야 한다. 그러나 지금까지 인생사
의 현실은 성취하고 싶은 과도한 욕심 때문에 치열한 경쟁의 투
쟁과 전쟁으로 암울한 세상을 만들고 서로 상처와 고통 속에 살
게 하였다. 지금 '우크라이나 전쟁'의 참혹한 현장이 증명한다.

  여기서 얻는 교훈은 인간은 존엄한 삶을 위해서는 또 더 나아
가 대자연 속에 사는 인간으로서 지구상에 존재하는 모든 생명체
와 무생물에 이르기까지 값지게 소중히 여기고 귀하게 여기는 포
용력을 간직하고 살아야 한다는 것이다. 그렇지만 이것도 인간은
큰 성과나 결실을 얻지 못한 채 계속 잘못을 범하였다.

  문명 이전의 인간은 대자연 속에서 살면서 대자연의 지배를 받
으며 대자연에 순응하면서 행복하게 살도록 노력하였다. 그러나
점차로 발전하는 과학 문명 속에 인간은 풍요롭고 편리하고 편하
게 살면서 한편 자원의 고갈과 자연의 파괴 및 황폐화, 지구의 기
후변화, 지구의 온난화 등의 주범이 되어 비난을 받고 있다.

또 하나 지적(知的) 생명체인 인간은 고도로 발전하는 언어로 지구상 만물의 영장으로 군림하면서 지식과 지혜의 능력을 발휘하여 물질적 정신적 부귀영화를 누리고 있다. 그러나 말도 많고 탈도 많은 세상을 살면서 말과 글 때문에 서로 상처와 고통을 당하였다. 즉 언어로 흥하고 언어로 망하는 것이 인간임을 꿰뚫어 보는 통찰력을 가져야 한다.

지금 고도로 발전한 첨단 과학 문명은 우주로 향하여 미래의 살길을 찾고 있다. 참으로 신비하고 경이로운 새로운 세상을 꿈꾸는 희망을 품게 되었다. 그러나 이것 또한 한편으로 냉철히 생각해야 한다.

인간은 지구를 멸망시키는 장본인이다. 달과 화성에 가서 첨단 과학의 능력을 또다시 발휘하여 인간만이 행복과 평화를 누리고 우주의 또 하나 별을 멸망시킨다면 엄청난 재앙과 끔찍한 암흑이 닥칠 것이다. 오래전부터 세상의 멸망과 종말을 예언하는 경고는 결코 우연이 아니다.

최근 챗GPT의 능력은 엄청난 충격을 주고 있다. 대화형 인공지능 챗GPT는 문장을 자유자재로 구사한다. 여러 문단으로 구성된 장문의 글을 완성할 뿐만 아니라 전문 학술 논문을 작성하고 나아가 프로그램 코딩도 가능하다. 챗GPT는 거의 모든 주제에 인간의 지시를 알아듣고 대화를 나눈다. 참으로 놀라운 인공지능에 지금 수많은 사람이 빠져들었다.

챗GPT 성능은 예상을 훨씬 뛰어넘는다. 변호사 시험이나 의사 면허 시험에도 합격할 수 있다는 연구가 나오고 경영전문대학원 (MBA) 과정을 마칠 수 있다는 전망까지 나왔다. 얼마나 놀라운 일인가? 급기야 학계에서는 학술 논문에 챗GPT를 사용하지 못하도록 규제를 만들고 교육 당국도 학교에서 챗GPT를 접속하지 못하도록 시행 조치를 하였다. 이것은 불과 두 달 전의 일이다.

여기에서 "나는 생각한다. 고로 나는 존재한다."라고 인공지능도 '데카르트'가 될 수 있을까? 의문을 던지게 된다. 인간을 능가하는 인공지능 세상, 인간이 인공지능의 지배를 당한다면 어떤 상상을 초월하는 현상이 나타날까?

인간을 지키는 인간의 존엄을 심각하게 염려하게 된다. 나는 여기에서 언어와 관련한 사회 인문학적으로 존엄을 다루고 과학 인문학적으로 존엄을 간략히 언급하였다.

4. 뇌 생물학적 존엄

인간의 본질적 존엄을 알기 위해 앞에서 '게랄트 휘터'의 존엄이 조금 소개되었다. 인간 이해의 측면에서의 존엄을 알기 위해 그의 연구를 좀 더 살핀다.

말 같은 동물은 뇌 자체가 말답게 형성되어 있어서 결국 전형적인 말이 될 수밖에 없다. 그러나 인간은 인간답게 만드는 장치를 가지고 태어나지 않았다. 태어나서 살아가는 과정에서 끊임없이 인간다움을 찾아가야 한다.

이 과정에서 수없는 실수와 시행착오를 통해 인간다움이 형성된다. 아이들은 미세한 감정 형태의 감각을 가지고 태어난다. 이는 무엇이 옳은지 어떤 대우를 원하는지 타인과 어떻게 공존해야 하는지에 대한 아주 미세한 감각이다.

지난 몇 년간 다양한 연구를 통해 인간은 태어나기 전부터 학습이 가능하며 자궁에서의 경험이 아기의 뇌에 자리를 잡는다는 사실이 확인되었다. 그런데 인간의 뇌가 형성되는 초기 단계에 그 무엇과도 견줄 수 없는 중요한 한두 가지 기본 경험이 있다. 태어나기 전은 물론이고 태어난 이후에도 최소 특정 기간 동안은 반드시 겪어야 할 경험으로 하나는 타인과의 관계에서 형성되는 아주 친밀한 소속감이다. 물론 이후 또 다른 사람과의 관계에서 이 경험은 계속 잘 이어 갈 수 있으면 더 좋을 것이다.

다른 하나는 이 소속감을 기반으로 한 개인으로서 성장하고 발전하는 경험, 그리고 자신의 창의력에 대한 경험이다.

한 아이가 태어난 지 2년 동안 시도하고 학습한 모든 것은 점차로 발달하는 과정에서 자극제가 되고 격려가 되고 영감을 얻는다. 그래서 걷고, 말하고, 춤추고, 노래하는 등의 발달 과정 속 모든 행위가 동기 부여를 통해 스스로 학습이 된다. 점점 아이들은 배우려는 욕구를 가지게 되고 자신이 인생의 주인공이자 창조자임을 깨닫고 타인과 공존하면서 자신이 자기 삶의 주체임을 인식하게 된다.

인간은 태어나서 점점 자라고 체험하면서 동물처럼 본능의 감각이 아니라 주체로서의 경험이 뇌에 뿌리를 내린다. 바로 이 뿌리는 주체성의 토대가 되는데 심리학자들은 이를 '자가 효능감(Self-efficacy)'이라고 부른다. 이 경험은 유년 시절 초기 아이들을 돌보는 양육자와 그 아이가 소속되어 있다고 느끼는 애정과 보호 격려를 통해 그와 같은 경험이 가능해진다. 바로 그때 인간이 된다는 것이 무엇인지를 처음 알게 된다.

인간은 그 자체로서 목표가 되어야 하는데 때로는 하나의 수단으로 취급을 당할 때 그것은 애정과 소속감, 주체성과 자유를 원하는 인간의 기본 욕구를 무너뜨린다. 이것은 매우 비참하고 고통스러운 경험이다.

우리는 가정에서 아이가 "엄마는 나빠, 혹은 아빠는 싫어!" 하고
말할 때 아직 미성숙 아이로 대수롭지 않게 여기는데 관심 있게
받아들이고 보살펴야 한다.

'빅터 프랭클'은 "결코 앗아갈 수 없는 정신적 자유가 호흡의 순
간까지도 자신의 삶을 조금 더 유익하게 만들어 갈 방법을 찾게
한다."라고 하였다.

인간은 점점 성숙하면서 무엇이 자신을 존엄하게 만드는지 인
지할 수 있는 능력을 키울 수 있다. 성장 과정을 겪고 타인과의
관계 경험에서 자기 존엄성에 대한 주관적인 인식이 강화되거나
억제될 수 있다.

그리고 사는 대로 사는 것이 아니라 존엄함 속에 살아가는 것,
아무 방향 없이 사는 것이 아니라 인간다움을 향해 살아가는 것
을 인간은 터득해 나간다.

존엄성을 인식한 사람은 이전보다 더 신중하게 행동하며 호의
적이고 친절한 태도를 갖게 된다, 주어진 자신의 모습 속에서 평
온함을 누리며 그것을 타인에게도 전달한다. 한편 타인의 유혹이
나 재촉에 흔들리지 않는다. 이것은 스스로가 신뢰할 만한 내면
의 나침반을 발견하고 이 나침반에 따라 인생을 살아간다는 의미

가 된다. 자기 존엄성을 인식한다는 것은 자유를 향한 첫 번째 단계이자 자립을 위한 인생의 제1막이다.

　자기 존엄성을 인지하고 자신이 원하는 것이 무엇인지를 분명히 알고 있는 사람은 달콤한 유혹이나 타인의 간섭을 절대로 용인하지 않는다. 만일 타인의 존엄성을 해칠 수 있다는 것은 결국 자신의 존엄성을 아직 확고히 정립하지 못한 상태이고 자신의 존엄성을 해치게 된다는 것을 깨닫지 못하는 것이다. 즉 복수는 되돌아오는 화살이라는 말을 깊이 깨닫지 못한 사실과 같다. 살다 보면 자신의 가치와 의미를 인정받고자 했던 말과 행동이 오히려 스스로의 가치를 부정하고 시인하는 꼴이 되는 것을 뒤늦게 깨달을 수 있다.

5. 존엄성과 교육

　인간의 존엄성은 곧 인간이 인간답게 사는 최고의 가치이다. 한 인간으로 존엄성을 누리며 살려면 교육적 체험이 가장 중요하다. 동물은 본능으로 살기 때문에 교육에 얽매이지 않아도 저절로 얼마든지 평생을 산다. 타조는 위험에 부딪히면 큰 몸집은 그대로 둔 채 자기 머리만 사막의 모래 속에 본능적으로 감춘다. 참으로 어리석은 짓인데 본능적인 행위일 뿐이다. 그러나 인간은 어머니의 뱃속에서부터 교육이 필요하다. 기본적으로 가정교육이 가장 중요하고 사회적, 집단적, 국가적 교육도 중요하지만 학교교육이 매우 중요하다.

학교는 최고 우수한 소수의 엘리트 교육에 치중하지 말고 모든 학생이 인간으로서의 존엄성을 터득하여 인간답게 살 수 있는 인격체를 만드는데 근본 목표를 가지고 그 외에 인간의 삶에 필요한 지식과 지혜와 능력을 발휘할 수 있도록 교육을 수행해야 한다.

교육은 때로는 지나치게 성급하면 안 되고 서둘러서도 안 된다. 존엄성에 대한 감각이 강화될 수 있는 최초의 교육은 유치원이다. 최근 독일에서는 '킨더카르텐'이 '킨데타게스슈테요테테'라는 말로 대체되고 있다. 이것은 '매우 위험하다.'는 것이다.

즉 '킨더카르텐'은 아이들이 최소한 그곳에서 놀거나 새로운 것을 시도하고 그곳에서 성장하는 것들을 돌본다는 의미를 포함한다. 그러나 '킨데타게스슈테요테테'는 어린이 주간 보호소로서 단순히 아이들을 맡기는 장소가 되었다. 직장을 나가는 부부 때문에 낮에 아이를 맡긴다는 의미이다.

지금 우리나라는 한술 더 나아가 조기교육이라는 명목으로 모국어 능력 성장은 뒷전으로 밀리고 영어 교육을 치중하고 있다. 이것은 유치원 교육의 본질을 깊이 생각하지 못하는 일이다. 유치원은 마음껏 놀고 춤추고 노래하며 친구들과 즐겁게 어울리면서 자신의 잠재력을 펼치고 자신의 존엄함을 점차적으로 깨닫는 교육이 가장 중요하다.

벌써 이때부터 너무 성급히 평가의 대상이 되어서는 안 된다. 정말로 부모와 교사는 아이들 각자가 가진 재능과 개성을 올바로 살리고 한 개인으로서 자아상(자기 정체성)을 향상시키는 것이 중요하다.

자아상은 아이들이 조금씩 사회성을 경험하는 가운데 스스로 공부하는 법을 배우고 다른 사람과의 관계에서 남을 이해하고 상대방의 존엄성을 해치지 않을 때 스스로 더 많은 것을 배우고 나아가 공동체 안에서의 소속감으로 자아상은 자기 내면의 나침반으로 자신을 성숙시키는 것이다. 이것은 서두르거나 억지로 되는 것이 아니다. 시간이 필요하다.

그러므로 유치원과 초등학교 교육은 성급하게 평가의 잣대를 쓰지 말고 아동 스스로 체험해서 스스로 터득할 수 있게 도움을 주는 기다림의 교육이 필요하다. 스스로 공부하는 능력은 스스로 공부하는 것을 스스로 깨달을 때 결실을 얻는다. 실로 이것은 자기 자신 터득의 기회 즉 자기 스스로 시간이 필요하다. 청소년 시절은 주체성을 자리잡고 점차로 성장시켜야 한다.

　여기에서 자기 존재의 주체성은 자신의 자립 능력을 점진적으로 성장시킨다. 최종적으로 청소년 시기에서 성인이 될 때 '자신의 인생은 오직 자신이 산다.'라는 것을 자기 스스로 절실히 터득해야 성숙할 수 있다.

　자기 자신의 주체성, 존엄성 정립은 드넓고 험난한 세상에 독립해서 살아야 함을 깊이 깨닫고 터득해야 한다. 자기 존엄성을 인식하는 능력은 재산이나 지위 명예에 너무 현혹하거나 치중해서는 안 된다. 인간의 존엄성은 내가 사는 삶의 의미와 가치를 높이는 것이다. 그러려면 한 인간으로서 책임과 의무와 권리를 올바로 알고 실행하며 자기 삶 자체가 순간마다 나의 중심에서 세상의 중심으로 향하게 하는 가치 있는 존엄한 내가 되도록 성숙한 노력을 끊임없이 해야 한다.

항상 젊음으로 살자

−「아직 오지 않은 날들을 위하여」(파스칼 부뤼네르)를 읽고

싱그러운 여름이다. 온통 짙푸른 싱싱한 녹음이 젊음을 장식하고 용솟음친다. 뜨거운 태양은 거친 땀방울, 젊음의 근육을 불끈 치솟게 하고 젊은 심신을 시원한 바다와 푸른 산으로 유혹한다. 인생을 온통 청춘으로 살고 싶다. 젊음을 한껏 과시하고 발산하면서 인생을 통째로 청춘으로 산다면 얼마나 멋지고 통쾌할까? 오로지 청춘만 간직하고 싶은 신선하고 싱싱한 생각에 잠긴다. 그러나 삶이 어디 원하는 대로 그리 순탄하랴.

어쨌든 청춘은 인생의 원동력이다. 청춘을 잘 보내면 삶의 전부를 잘 보낼 수 있다는 신념이 생긴다. 이번 여름에 젊음의 근육과 혈기로 한바탕 땀을 흘리는 노동을 하고 시원하고 싱그러운 산과

바다로 달려가 시원한 '청춘 예찬'의 노래와 춤을 추고 싶다.

최근 100세 인생이 도래하여 나이는 숫자에 불과하다는 푸른 청춘 유행의 깃발이 펄럭인다. 인생은 60세부터라는 말을 이번 여름에 한번 되새겨 봐야 한다. 이미 우리가 보낸 청춘은 인생을 너무도 모르는 철부지 청춘이었다. 이제 우리가 새롭게 맞이하는 청춘은 나의 의지와 자존심으로 맞이하는 청춘이다.

항상 젊음으로 살자!는 희망은 매일 하루하루를 한자리에 고여 있는 정물(靜物)로 살지 말고 순간순간 새로움을 만나는 도전과 생동감 넘치는 일하는 시간으로 살라는 것이다. 그런데 육체의 노화를 밑바탕에 깔고 있는 황혼의 인생이 항상 젊음으로 산다는 것은 자칫 희망 사항에 불과한 허구로 오히려 아픔과 상처 자국만 남길 수 있다. 그래서 살 만큼 산 늙음의 인생은 두 가지 인생 과제를 가지게 된다.

"첫째는 죽는 날까지 젊게 사는 것, 둘째는 잘 죽는 것."

철없던 젊음에는 앞만 보고 열심히 청춘으로 살면 된다고 여겼다. 그러나 황혼의 청춘은 잘 죽는 것도 삶의 큰 화두이다. 영화 〈존 윅 4(JohnWick: Chapter 4)〉의 명장면에 유명한 한마디가 뇌리에 스친다.

"좋은 죽음은 좋은 인생 뒤에만 온다(A good death Only comes after a good life)."

　다행히 최근에 '항상 내일이 있는 오늘'을 사는 지혜를 얻는 독서를 하였다. 「아직 오지 않은 날들을 위하여」^(파스칼 브뤼크네르 著)란 책이다.

1. 포기를 포기하라.

　늙는다는 것의 재발견을 하라. 흔히 늙는다는 것은 이제 살날이 얼마 남지 않았다. 즉 죽을 날이 점점 코앞에 닥친다는 의식이 강하게 지배한다. 그러니까 그동안 계속 치열하게 살았으니 경쟁의 굴레 속에서 훌쩍 벗어나서 집착과 욕심을 훌훌 버리고 나만의 시간을 많이 갖고 자신을 제대로 들여다보며 내면을 성숙시키자고 삶의 방향을 전환한다. 전적으로 잘못된 것은 아니다. 하지만 인생이란 오묘하고 신비한 비밀이 많아서 죽는 순간까지 배우고 깨달아야 하는 과정이다.

　'늙어서 죽는 것이야말로 인간이 가치 있게 오래 사는 법을 깨닫는 장(場)이라고 하였다. 이제는 생이 짧을수록 치열하게 살 이유가 생긴다는 인생의 문앞에서 노인이여! 포기를 포기하라.'라는 음성을 들어야 한다.

지금 현대 생활은 오래 사는 것이 절대 규범이 되면서 노화, 기력 상실, 병 등의 의존을 점점 용납하지 않는다. 의학, 생물학, 인공지능의 도움으로 생명을 리모델링하겠다는 트랜스 휴머니즘의 눈부신 활약은 늙음은 인생을 재창조하는 또 다른 기회로 바꾸고 있다. 현대 세상은 영생을 신학과 종교에 귀결된 영생이 아니고 더욱 급변하게 고도로 발달하는 과학 문명의 힘으로 영생을 꿈꾸는 세상 한복판에 살고 있다는 현실을 직시하게 되었다. 그러므로 지금 현대 생활은 지금부터 노인의 위상을 재발견하고 그 위상을 높이려면 의학의 향상뿐 아니라 사고방식의 향상이 필요함을 알아야 한다.

2. 생의 마지막 날까지 도전하기를….

지금 현대 생활을 둘러보라. 태어나서 세 살 때부터 유아원, 유치원 등 배움과 체험의 장(場)으로 내몰린 세상으로 변했다. 그만큼 하루가 다르게 급변하는 현대 생활은 체험하고 습득하고 배우고 깨달아야 할 것이 다양하고 폭넓게 많아졌다는 것이다. 철부지 어린아이부터 이러한 생활의 현실은 성인은 물론 노인도 피해갈 수 없다는 것이다. 이 현상은 누구에게나 급박한 심리 작용을 자극하고 유발한다.

한편 바쁘게 살면서 편하고 편리하고 윤택함을 누리면서 삶의 질을 높이고 여유로운 생활을 할 수 있도록 한층 더 지혜를 얻어야 한다. 지금은 인간이 달에 가서 살 꿈을 곧 실현하려고 한다. 머지않아 인간의 눈앞에 펼쳐질 세상이 된다. 그런데 벌써부터 달에 가서 돈을 번다는 궁리부터 한다. 참으로 위험한 발상이다.

편하고 편리하고 윤택한 생활을 하기 위해 인간은 지구를 황폐화하였다. 달을 아름답게 가꾸고 인간이 함께 아름답게 살도록 설계도를 마련하는 청사진을 손에 쥐어야 한다. 이제부터 인간은 아이부터 노인에 이르기까지 아름답게 사는 지혜를 터득하고 모든 생물이 서로 번성하며 잘 살도록 지구를 살리고 행복하고 아름답게 잘 살도록 노력해야 한다.

인간의 수명이 길어졌다고 해서 미리 노년을 대비하여 보험이나 적금이나 다른 투자에 힘쓰는 것보다 자신의 전 생애를 아름답고 건강하고 행복하게 살면 노년도 의미 있고 즐겁고 행복하게 살 수 있는 삶의 지표를 실현해야 한다. 노후의 삶은 그전에 살아온 자기 삶의 결과이기 때문이다.

'적선여경(積善餘慶)'이란 주역의 가르침이 있다. 자신의 삶을 통해서 선하게 살고 선(善)을 많이 몸소 베풀면 반드시 복된 삶이 찾아온다고 하였다.

우리네 일상생활은 평소 물질의 풍요에 너무 눈이 멀어서 정신의 풍요는 뒷전으로 방치한 과오를 범하였다. AI^(인공지능) 21세기 세상에서 챗GPT 시대에 지금 살고 있다. 우리는 과학 문명 세상의 한복판에서 과학 문명에만 치중하지 말고 훌륭한 정신적 유산을 쌓아야 한다. 윤리와 미^(美)를 상실한 고도의 과학 문명은 독이요, 암흑으로 달리는 수레바퀴라고 하였다. 여기에서 우리가 전 생애를 통해 실천할 평범한 습관을 제시한다.

1) 좋아하는 일, 할 수 있는 일을 최대한 늦게까지 하라.
2) 어떠한 호기심도 포기하지 말고 불가능에 도전하라.
3) 생의 마지막 날까지 사랑하고, 일하고, 여행하라.
4) 세상과 타인에게 마음을 열어 두라.
5) 흔들림 없이 자기 능력을 시험하라.

3. 매일 자신의 인생을 살아라.

우리는 매일 '하루'라는 시간의 선물을 받아서 산다. 이 하루라는 시간은 신으로부터 받은 축복의 선물이다. 이것은 달리 표현할 길이 없이 그저 소중하고 감사할 뿐이다. 아침, 점심, 저녁, 밤의 시간을 한 번씩 보내면 내가 하루라는 한 페이지의 삶을 산 것이다.

가만히 생각하면 이것 역시 경이로운 일이다. 또 이것은 봄, 여름, 가을, 겨울을 보내는 것과 흡사한 일이다. 결국 하루의 시계가 365번 돌아가면 1년이란 세월이 지나가고 이 1년의 세월의 나이

테는 우리는 생에 저무는 석양을 만든다.

우리는 자신의 하루, 자신의 1년, 자신의 세월을 자신이 주인공으로 사는 것이다. 다른 모든 사람은 주인공과 관련된 조연일 뿐이다. 이것은 자신의 인생은 자신만의 권한이고 자신의 책임이고 자신의 의무라는 오직 자신이 짊어진 무게이고 부피라는 것이다. 그래서 남을 모방하지 말아야 한다. 아무리 존경하는 삶이 있어도 존경하거나 귀감으로 삼을 뿐 나만의 색깔과 모양으로 살아야 한다. 죽는 순간까지 나는 나로 뚜렷한 주체성을 확보해서 살아야 한다. 그러려면

1) 죽는 순간까지 건강하도록 노력해야 한다. 건강하지 못하면 병원 입원, 병구완으로 가족이나 다른 사람의 걱정과 수고 속에 살게 된다. 특히 건강하지 못한 노후의 삶은 많은 돈이 들고 다른 사람에게 짐이 될 수 있다.

2) 시간의 매 순간을 나의 자산으로 장식하도록 노력해야 한다. 시간을 낭비하는 것은 곧 자신을 헛되이 낭비하는 것이다.

3) 나는 매 순간 시간, 자연, 환경, 이웃 등의 수많은 도움과 혜택을 받으며 산다. 이런 선물을 날마다 받으며 사는 자신을 명심하여 열심히 베풀고 선물을 나누어 주는 인간으로 살아야 한다.

4) 끝까지 하고 싶은 일을 하면서 살고 취미, 특기, 소질, 자신의

능력을 최대한 발휘하면서 살아야 한다.

5) 항상 삶의 지표와 방향, 삶의 목표를 설정하고 자신의 사랑, 진실, 가치가 지향하는 삶을 살아야 한다. 그렇게 열심히 살면 어떤 난관에 부딪혀도 이겨 내면서 살아갈 수 있다.

6) 인생은 언제 어디서 어떻게 부딪힐지 모르는 희로애락이 있다. 때아닌 돌발적인 사고, 고통, 상처, 비판, 죽음 같은 불행을 만날 수 있다. 항상 생을 멀리 내다보면서 망망대해의 작은 돛단배로 돛대는 항상 부는 바람 방향에 맞추어 잘 꽂고 삿대는 풍랑과 거센 파도에 맞서서 잘 저으면서 불굴의 의지로 항해를 해야 한다. 절대로 인생은 단거리 달리기가 아니고 마라톤 장거리 경주로 속도와 지구력 경주임을 명심해야 한다.

4. 당장 죽을 듯이, 영원히 죽지 않을 듯이 살아야 한다.

인생은 누구나 자신이 어디에서 무슨 처지나 상황에 놓여 있건 지나간 과거보다는 앞으로 아직 오지 않은 미래를 위해 열심히 살아가게 마련이다. 과거에 성공한 것, 또는 실패한 것을 밑거름으로 더 낳은 나를 위해 오늘과 내일을 사는 것이다. 실패를 부러워하지 말라고 하였다. 오히려 실패는 성공의 어머니라고 하였다. 그러나 계속 실패하지는 말아야 한다. 특히 노년에 이르러서 거듭하는 실패는 자기 생의 쓰라린 과오가 될 수 있다.

질 높은 삶을 살기 위해서는 여유롭게 살기도 해야 하고 평안함을 누리며 살 수도 있어야 한다. 그러나 평소 항상 긴장감을 가지고 삶의 방향과 지표의 나침판을 붙잡고 살아야 한다.

파스칼은 인간은 "흔들리는 갈대이다."라고 역설하였다. 인간의 굳센 의지는 어떤 태풍에도 굴하지 않는 튼튼한 바위이지만 감성과 감정이 풍부한 인간은 때로는 가냘픈 파도와 바람에도 눈물짓고 흔들리는 갈대이기도 하다. 어쨌든 인생은 하룻밤의 꿈이요. 대자연의 섭리 속에 하루살이 짧은 생이기에 하루하루를 삶의 완성처럼 살라는 것이다. 세상을 처음 보듯 바라보는 시선은 생은 오묘하고 신비하고 경이롭다. 그래서 마지막으로 사는 듯 최선을 다해 최후까지 열과 성의를 다해야 한다.

우리는 유년이 있듯 노년을 맞이한다. 마치 작은 글씨로 쓰는 긴 편지 같은 인생에서 노년은 그동안 거쳐 온 나이를 압축하고 하나로 합쳐 최선 아니면 최악을 낳는다는 것이다.

오늘 아침 KBS TV 〈아침마당〉에서 90세 나이에도 불구하고 위험천만한 높고 험한 암벽 타기를 하는 할머니를 보았다. 참으로 기막힌 노년의 청춘이다. 최후까지 열정이 넘치는 생(生)이다. 인간은 죽는 순간까지 죽도록 사랑할 대상이 있는 존재이다. 문학이나 음악 같은 예술을 사랑하든, 신을 사랑하든, 바다를 사랑하든, 우주의 신비를 사랑하든 무언가를 죽도록 사랑하면 끝까지 청춘으로 살 수 있다.

5. 영원한 인생을 살아라.

우주 만물 가운데 오직 인간만이 영원히 사는 것을 갈망한다. 인간은 유일한 우주 만물의 영장이다. 문명 이전 동물처럼 살았던 구석기시대부터 인간은 대자연의 천재지변의 홍수, 혹독한 추위, 태풍, 질병 등 무수한 위협과 맹수들의 공격으로 어두운 동굴 속에 숨어서 공포에 떨었다. 한편 날마다 해를 바라보고 밤마다 별빛과 달을 바라보면서 우주의 신비한 침묵의 비밀에 심취하고 인간 능력의 한계를 터득하면서 인간보다 위대한 신의 존재를 의식하고 기도하게 되었다.

이때부터 이미 인간은 우주와 만물의 신비 앞에 신앙의 존재가 된 것이다. 이것은 유한한 인간이란 존재로 신과 같은 무한한 영원의 존재가 되기를 추구하고 갈망하는 희망을 품고 살았다는 뜻이다.

그래서 인간은 지금에 이르러 놀라운 과학의 힘으로 신에게 도전장을 던졌다. 최근에 SSTO^(단발궤도선, Single Stage To Orbit) 기술로 조만간에 달, 화성 탐사까지 하고 곧 우주여행을 할 수 있다고 한다. 이처럼 인간은 지성이면 감천이고 꿈은 기어이 이루어진다는 인간의 의지와 신념은 현재진행형이다. 그러나 인간이 엄청난 과학의 힘을 지나치게 맹신한다는 우려도 있다. 규범과 질서와 윤리의 잣대를 함께 발전시키는 인간은 한편 결코 무모한 존재가 아니다.

신의 도전에 대한 지나친 맹신론도 지나친 비판론도 아닌 경계의 아슬아슬한 갈림길에서 인간은 고민하고 갈등을 느끼고 최선의 지혜를 찾을 것이다. '인간이 곧 하늘이다.'라는 우리 민족의 인내천(人乃天) 사상은 허황된 꿈이 결코 아니고 인간이 꼭 이루어야 할 인간의 최종 유토피아이다.

한 자식이 너무 일찍 돌아가신 어머니를 낡고 작은 흑백사진으로 평생 간직하고 살다가 죽는 순간까지도 고이 간직하고 마지막 숨을 끊었다. 이런 인간의 모습을 어떻게 해석하고 받아들여야 할까?

유한한 존재로서 무한한 존재로 존재하려는 인간은 무한한 존재로 영원히 존재하는 신보다 더 영원하다. 지성이 없는 신이 인간을 만든 것이 아니고 지성이 있는 인간이 신을 만들었다면 누가 더 위대한가?

인간이 더 위대한 것이 아닐까? 위대한 인간이여! 영원히 젊게 살자.

알찬 결실이 넉넉한 가을 인생을 살자
– 「지적으로 나이 드는 법」(와타나베 쇼이치)을 읽고

가을이다. 유난히 높고 파란 하늘이 좋다. 지독히 지루한 무더위가 지나간 후 산들바람이 옷깃을 시원히 스치는 가을은 색다른 느낌과 감흥을 갖게 한다. 여러 오곡이 무르익는 드넓은 들판 한복판에 심호흡하면서 두 팔 벌리면 나는 과연 얼마나 누렇게 잘 무르익은 벼이삭인가? 나 자신의 결실을 생각하게 된다. 그래서 잘 익은 탐스러운 사과와 감, 배 과수원을 서성거리며 또 한 번 나 자신의 결실을 되돌아보게 된다.

또 밤에 귀뚜라미와 풀벌레 소리는 새삼스럽게 들리고 홀로 시간을 갖고 싶게 한다. 옛날 선비들은 가을밤에 유난히 홀로 책을 가까이하고 독서를 즐겼고 또 뉘엿뉘엿 저무는 서산에 물드는

노을은 그 황홀한 빛이 어떻게 표현할 수 없이 신비 속에 빠져들게 한다. 그리하여 예로부터 가을은 헤아릴 수 없는 감흥에 사로잡히고 사색하게 되고 훌쩍 어디론가 정처 없이 떠다니는 방랑자가 되고 싶게 한다.

근래에 「지적으로 나이 드는 법」을 읽었다. 저자 '와타나베 쇼이치'는 일본의 조치대학 교수로 문학, 역사, 사회, 경제 등 다방면에 평론 활동을 하였다. 또한 다수의 저서가 있다. 「부패의 시대」, 「인간다움의 구조」, 「비슬로스의 문법」, 「자신의 벽을 깨는 사람」, 「지적 생활의 발견」 등 이 밖에도 많은 저서를 남겼다.

내가 이 책을 읽게 된 것은 몇 가지 이유가 있다.

첫째, 이 책은 전반에 걸쳐 인간의 삶은 '마음을 가장 잘 가꾸어야 한다는 점을 강조한다. 즉 인간은 무엇보다 마음 즉 정신으로 살기 때문에 인간에게 정신이 가장 귀중하고 인간의 삶의 질은 정신을 값지게 개발하고 훈련시키고 잘 활용해야 한다는 것이다.

둘째, 그러나 현재 인간이 사는 현실은 육체적 감각이 앞서서 그때그때 즐기는 쾌락에 몰두하고 정신보다는 지나친 물질적 풍요 속에 사는 경향이 크다.

셋째, 인간은 본질적으로 물질과 금전에 치우친 쾌락과 향락의 생활은 진정한 행복과 자유를 누릴 수 없다. 그러므로 인간은 심신이 함께 건강하여 정신적 부를 누려야 한다. 인생에서 물질적 풍요 속에 정신적 빈곤으로 산다면 공허의 늪에 빠지고 허무한 삶이 된다.

나는 「지적으로 나이 드는 법」 이 책을 '아포리즘' 형식을 빌려 책의 내용과 생각과 느낌을 쓰려고 한다. 여기에는 이유가 있다. 독서를 통하여 얻은 지식은 지식에 머물지 말고 삶에 자양분이 되는 지혜를 쌓자는 점이다. 예로부터 격언과 명언은 지식이 생활과 밀착된 지혜였다.

1. 인생 전반을 통하여 배움의 노력이 필요하다.

청년 시절에 배우면 장년에 큰일을 도모한다. 장년 때에 배우면 노년에 쇠하여지지 않는다. 노년에 이르러 배우면 죽더라도 썩지 않는다.

그동안 열심히 공부하고 수집하여 얻은 정보나 전문 지식은 직장을 떠나거나 맡은 직책에서 물러나서도 계속 꾸준히 공부하면 자기 삶을 개발할 수 있고 풍요롭게 살 수 있다. 특히 젊었을 때

배움을 게을리하면 과거를 상실하여 미래도 없다.

나는 그저 살아가기 위해서 태어난 것이 아니다. 의미 있는 인생을 만들기 위해서 태어난 것이다.

2. 평생의 공부거리를 찾으면 여생이 달라진다.

인생의 전반에 지적인 호기심을 가져야 한다. 계속 지적 호기심이 발동한 자에겐 새 능력 개발의 기회가 계속 생긴다. 직장의 은퇴는 있어도 자기개발은 은퇴가 없다. 일찌감치 자기개발의 문을 계속 꾸준히 두드리는 자에겐 여생의 모습이 풍요롭다. 배움은 우연히 얻어지는 것이 아니다. 추구하는 열정과 근면과 성실함의 결실이다.

3. 지적인 투자는 여생의 밑거름이다.

살면서 무엇보다 중요한 것은 관심과 흥미를 느끼는 것을 계속 발견하고 그것에 나만의 투자를 지속적으로 열심히 해야 한다. 그러면 훗날 지적 자극이 넘쳐나는 여생의 밑거름이 된다. 이세상에 투자와 노력 없이 얻을 수 있는 것은 아무것도 없다. 학교 공부는 단지 기본일 뿐이다. 그때의 학습과 실험 실습 경험은 단지 기본 습득의 기본에 불과하다. 그것을 토대로 취미 특기 전공을 확장하여 더욱 범위를 확장해야 한다. 지적 활동의 여생을 누리려면 그만큼 준비와 투자가 필요하다.

4. 즐기는 경지에 이르면 나이듦이 두렵지 않다.

「논어」에 "아는 자는 좋아하는 자에게 미치지 못하고, 좋아하는 자는 즐기는 자에게 미치지 못한다."고 하였다. 이 말을 되새겨 보면 열심히 하면 알게 된다. 그러나 단순히 알게 된 것은 곧 잊어버린다. 그래서 좋아하면서 알게 되어야 잊어버리지 않는다고 하였다.

공자는 한발 더 나아가 "즐기면서 알게 되는 것이 최고"라고 하였다. 공자는 아는 것도 좋아하는 것도 즐기는 것도 모두 덕(德)이 되어야 한다는 철학을 강조하였다. 즉 덕의 실천이 즐거움이고 즐거움이 곧 덕의 실천이 되어야 한다는 가르침이다. 이것은 인간의 삶은 무엇보다 인간다운 인격을 먼저 갖추고 자기 일을 즐기는 경지에 이르면 나이는 숫자에 불과할 뿐이다.

5. 하고 싶은 일은 죽을 때까지 해 보라.

죽을 때까지 마음껏 꿈을 펼치며 자신의 관심사를 즐기며 보내는 것, 그것이 바로 지적 여생을 보내는 비결이다. 인생에서 목표로 삼아야 할 것은 두 가지이다. 하나는 원하는 바를 이루는 것, 다른 하나는 그것을 즐기는 것이다.

6. 자원봉사는 여생의 좋은 벗이다.

'volunteer^(자원봉사자)'라는 단어는 영어권에서 17세기 초반에 등장하였다. 지난 엄청난 폭우와 홍수로 많은 인명 피해와 집과 도로, 농작물 손실로 안타까운 재난 현장에 적십자 자원봉사자들이 내 일처럼 달려가서 비지땀을 흘리며 자원봉사 활동을 펼치는 모습은 참으로 존경스러웠다.

"Charlty begins at home^(자애는 가정으로부터 시작된다)."라는 말이 있다. 신약성서에는 더 구체적으로 말하였다. 누구든지 자기 친족 특히 자기 가족을 돌아보지 아니하면 믿음을 배반한 자요 불신자보다 더 악한 자이니라. 항상 받는 것보다 주는 것에 익숙하고 남을 위해 봉사하는 미덕을 발휘하면 아름다운 삶을 살게 된다. 남을 후원하는 것은 곧 자신을 후원하는 생을 사는 것이고 남에게 베푸는 것은 곧 나에게 베푸는 것이다.

7. 종교적 관심은 지적 여생의 동반자이다.

100세가 넘게 장수한 개신교 한 학자의 일화이다. 그는 95세가 넘으면서 신에게 의지하려는 마음도 죽음에 대한 공포도 느끼지 않게 되었다고 하였다. 과연 사람이 오래 살면 노력하지 않아도 그러한 경지에 도달할 수 있을까? 경외심이 생긴다.

인간은 본질적으로 종교적인 존재이다. 인간은 모든 생명의 유한성을 자각하고 한편 무한성을 추구하는 종교적 존재이다.

「바보의 벽」의 저자 해부학자인 '요로 다게시'는 "인간은 우주로 로켓을 쏘아 올려서 달이나 다른 우주로 날아가서 급기야 우주여행까지 할 능력은 있어도 대장균은 만들어 내지 못한다."라는 인간의 한계를 지적하였다.

사람은 나이를 먹을수록 점점 다가오는 자신의 죽음을 생각하면서 영원한 신을 사색한다. 현재 과학 문명 속에 사는 현대인은 무신론자와 유신론자로 갈라서 있지만 인간이란 근본 바탕에 종교가 들어 있다는 사실은 부인할 수 없다.

그래서 종교는 여생을 보내는 시간 동안 줄곧 가까이 함께하는 동반의 화두이다. '알베르트 아인슈타인'은 "내게 신이란 우주 만물에 대한 나의 경외감이다."라고 하였다.

8. 죽음에 대한 불안을 지적 자극으로 삼아라.

인간은 점점 나이를 먹으면 지금까지 살아온 삶을 돌아보게 되고 줄곧 남의 일처럼 여겨졌던 죽음이 어느새 가까이 다가오고 있음을 깨닫게 된다. 누구나 죽음에 달관하기란 그리 쉬운 일이 아니다. 세월의 나이를 먹고 황혼에 접어들면 인생이 짧다는 것을 새삼 깨닫고 흙에서 왔으니 흙으로 돌아가리라. 쉽게 편안하고 안락하게 마음먹을 수 없다. 그렇게 되도록 노력할 뿐이다.

인생의 황혼에 접어들면 육신과 영혼을 끊임없이 생각하게 된다. 그리고 영원한 삶이란 무엇인가? 생각하게 된다. 어느 노학자는 100세가 가까운 나이에도 철학과 신학 논문을 밤늦게까지 탐독한다. 지적 여생을 보내는 것이다.

근래에 '존엄사'에 대한 화두가 인간사 표면에 등장하고 있다. 최근 「편안한 죽음」이란 책이 나왔다. '란다스 마라바이부시'의 저서로 편안한 죽음을 준비하는 삶의 기술이 담겨 있다. 생전에 잘 살다가 삶의 본향으로 돌아가는 길을 찾는 것이다.

그리고 최근 미국 소설가 '에이미'는 「존엄사를 함께한 회고록」을 써서 큰 파문을 일으키고 많은 사람에게 잔잔한 감동을 주었다. 그는 67세에 알츠하이머병 진단을 받은 남편의 마지막 소원을 돕기 위해 스위스 존엄사 기관을 찾아가서 남편을 생매장하였다.

그는 남편의 마지막 부탁으로 남편의 존엄사 마지막 과정을 써서 타임스지 선정 최고의 논픽션 1위에 올랐다. 그는 사랑하는 남편의 선택을 지지하지만 다른 사람에게 남편과 같은 존엄사를 권하지는 않는다고 하였다.

앞으로 인간의 존엄사에 관해서 계속 생명의 존엄과 관련하여 논의가 지속될 것이다. 그리고 결국 죽음은 인간에게 끊임없는 지적 탐구의 자극제가 될 것이다.

9. 나의 세계를 벗어나야 인생을 알 수 있다.

지상에서 만물의 영장이라는 인간은 우주까지 폭넓은 세상을 인식하는 것 같지만 결국 인간은 자신의 오관이 인지하는 구체적인 세계가 전부라고 인식하는 유한성의 인생관이고 우주관의 소유자이다.

지금 인간은 가로, 세로, 높이, 깊이로 측정되는 3차원의 세상을 인식한다. 여기에 시간이라는 조건을 하나 더 삽입하면 4차원의 세계관일 뿐이다. 그래서 인간은 5차원, 6차원의 세상이 어떤 세상인지 상상할 뿐이다.

결국 아무리 고도의 지적 능력의 인간도 우물 안의 개구리 신세이다. 그러나 인간은 스스로 우물 안의 개구리 존재라는 것을 이미 자각하고 있는 존재라는 점이 위대한 능력의 주인공이다.

바로 이 점을 발판으로 나 자신의 작은 세계를 탈출하여 확장해야 한다. 파스칼은 「팡세」에서 과학의 영역을 넘어 보이지 않는 영혼 세계까지 다루었다. 외과 의사이자 노벨 생리학 의학상 수상자인 '알렉스 카렐'도 과학적으로는 도저히 규명할 수 없는 영적인 세계를 인정하였다.

　지금까지 인간은 우주 안에 작은 별 지구에서 살았다. 이제 지구 밖에 있는 달을 포함한 우주에서 살려는 꿈을 펼치고 있다. 그러나 혹시나 모를 우주 밖의 세계도 인간은 상상한다. 현재의 나의 세상을 벗어나 더 드높고 드넓은 세상을 살도록 노력해야 한다.

10. 인생의 가을에는 풍요로운 열매가 필요하다.

　일본어에는 가을이 동일한 두 발음으로 표현된다. 아키(秋), 가을을 뜻하는 발음과 아키(空), 빈 곳을 뜻하는 발음이다. 이것은 나뭇잎이 떨어져서 만들어진 상황이 빈 곳인데 빈 곳의 모습에서 가을이라는 단어가 유래되었다고 한다.

　가을의 또 한 가지 유력한 어원은 가을은 나무와 오곡이 무르익는 수확의 시기임을 의미한다. 우리의 마음을 끄는 청아한 드높은 하늘과 뉘엿뉘엿 오곡백과가 무르익는 햇빛과 단풍과 낙엽과 신비한 노을이 있는 가을은 수확과 텅 비움의 시간이다.

　가을은 나를 돌아보고 나 자신을 정리하는 시간이다. 채움과 비움을 통하여 진정한 나 자신은 무엇인가? 사색하는 시간이다. 우리는 가을에 '수확하는 빈 창고'를 가져야 한다. 그래야 한 단계

성숙한 내가 되는 것이다. 가을은 무엇을 채우고 무엇을 버려야 하는지 알아서 진정한 풍요로움 속에 성숙한 인생을 살 줄 알아야 한다.

나는 진실로 자유와 평화와 사랑의 인간인가? 가을에 한번 골똘히 사색해야 한다.

11. 나이 든 후에야 보이기 시작하는 것들

나이가 들수록 체력적으로는 여유가 없지만, 정신적으로는 여유가 생길 수 있다. 젊은 시절에는 아름다운 외모나 남자의 힘 솟는 체구와 근육에 신경이 쏠리지만 나이가 들면 지성과 지혜가 성숙한 인간미와 감추어져 있는 내면에 더 관심을 기울이게 된다. 나이 든다는 것은 앞만 보고 정신없이 살던 때보다 삶의 여유가 생긴다. 바로 삶의 여유가 인생을 새롭게 보는 새 안경을 통하여 삶의 새로운 안목을 터득한다. 그중 하나는 춘하추동 자연의 순리에 맞게 인생을 사는 것이다. 나이 듦은 흡사 가을을 많이 닮았다.

가을은 수확의 결실로 풍요로움을 맛보고 한편 이만큼 살아온 인생에서 진정한 나의 자산이란 무엇인가? 비움의 채움을 터득하는 반성과 성숙으로 들어가는 단풍과 낙엽의 시간을 만난다. 그리고 늦가을 텅 빈 들녘과 함께 어딘가로 영영 떠나 버리는 황혼을 만나야 한다.

철부지 어린 시절부터 황혼에 이르기까지 전 생애를 통찰하는 지력이 생긴다. 젊었을 때는 희로애락(喜怒哀樂)과 만고풍상(萬古風霜)을 겪으며 감정의 기폭이 심하여 화가 많이 치밀어 오르지만, 황혼에 이르면 인생이란 크게 기쁠 것도 크게 슬플 것도 없다는 것을 깨닫게 된다.

“있는 것이 없는 것이고 없는 것이 있는 것이다.”
“가는 것이 오는 것이고 오는 것이 가는 것이다.”

라는 경지로 생의 방향이 잡히고 어느 것에도 너무 치우치지 않는 중용의 철학을 황혼에 터득하게 된다.

12. 나이 듦은 자연의 건강한 리듬이다.

가을은 예로부터 독서의 계절이라고 하였다. 또한 가을은 추운 겨울을 이겨 내기 위한 육체와 정신을 단련하는 좋은 계절이다. 사실 가을이면 수많은 도서관에서 불을 환히 밝히고 밤늦게까지 독서하는 사람이 가장 많다.

점점 나이가 들면 육체 건강, 정신 건강 모두 중요함을 절실히 느낀다. 다른 때보다 심신의 건강에 더 신경 쓰게 된다. 특히 죽는 순간까지 남의 신세 안 지고 생을 마치고 싶은 소망이 각별하여 자연히 노력하게 된다.

노인이 되면 세포와 근육의 노화 현상이 생긴다. 육체와 정신이 내 뜻대로 움직이지 않는 것이 자연스러운 현상이다. 그러나 자신이 일상생활을 하는데 큰 지장이 없도록 세심히 신경 쓰고 즐겁게 살도록 노력해야 한다. 그래서 총리를 지냈던 어떤 지인은 건강하게 오래 살기 위해서 반드시 지켜야 할 주의사항을 정하여 살았다.

1) 쓰러지지 말 것.
2) 감기에 걸리지 말 것.
3) 의리에 얽매이지 말 것.

젊은이들에겐 하찮은 주의사항일 수 있다. 그러나 노년에는 위 세 가지만 확실히 주의하여 건강관리만 한다면 건강한 생활을 잘 할 수 있다는 신뢰가 생긴다. 오래 즐겁고 자유롭고 보람있게 살려면 젊을 때부터 자신의 건강관리를 해야 하지만 노년의 건강관리는 더욱 중요하다.

13. 나이가 들수록 정신적인 자극이 필요하다.

노년은 다른 어느 때보다 건강이 가장 중요하고 건강에 각별히 신경을 써야 한다. 예로부터 재물을 잃으면 인생에 일부분을 잃는 것이요 건강을 잃으면 인생에 전부를 잃는다고 하였다. 특히 현대 문명사회 속에 살면서 노년에 건강관리는 자신이 스스로 잘 챙겨야 할 특별 과제이다.

혹시 노년에 공기 좋고 물 맑고 경치 좋은 산천에 파묻혀 여유 있게 조용히 취미 활동을 하면서 여생을 보내는 로망을 대부분 품고 있지만 상황과 형편이 따르지 않는다. 한편 의료 시설과 복지 시설이 잘 갖추어진 도시가 시골보다 노후에는 더 좋은 생활 환경이라고 이야기한다.

어디에서 살든 노년은 자신의 여유로움 속에서 인생을 조용히 반추하면서 건강 속에 비움의 넉넉함으로 삶의 즐거움을 찾아야 한다. 대부분 살아오면서 자기 자신에 대한 개선에 소홀하였다. 노년에 이르면 바로 나 자신의 바꿀 것이 보인다. 왕성하고 조급할 때는 안 보이는 것이 천천히 느긋할 때는 보인다. 이것이 노년의 낙(樂)이다.

14. 책을 좋아하는 사람이 오래 산다.

철학자 칸트는 57세에 「순수이성비판」을 썼다. 괴테는 「파우스트」 집필을 마쳤을 때 이미 80세가 넘었다. 르네상스 시대의 거장 '미켈란젤로'는 90세가 넘어서까지 작품 활동을 하였다. 이것은 창작 활동은 나이와 상관없다는 의미이다. 대부분 일반적으로 책을 좋아하는 사람이 오래 산다고 한다.

오래전부터 독서와 장수는 상관관계가 있다고 하였다. 노년에 독서는 뇌 활동이 활발하여 정신 건강에 좋고 육체 건강에도 자극을 준다. 결국 자기 두뇌를 자극하는 것은 몸 전체의 건강과 직결된다는 것이다. 노년에도 한 가지씩 새로운 것을 배우면 좋다. 그러면 절대로 늙지 않는다.

15. 삶의 긴장을 내려놓는 순간 이미 죽은 것이다.

노년은 매사에 왕성할 수 없다. 그 대신 느림의 미학을 잘 발휘하면 좋다. 급하게 서두를 것도 하루속히 서둘러 끝낼 것도 없이 실수 없이 여유롭게 천천히 하면 된다. 지나치게 애착을 가질 것도 없다. 그러나 너무 긴장을 내려놓으면 안 된다. 적당한 긴장 속에 살아야 한다.

자칫 머지않아 곧 죽을 몸, 지식이 무슨 소용이고 기술이 무슨 소용인가? 아무것도 되고 싶지 않고 아무것도 바랄 것이 없는데 굳이 무엇을 노력한단 말인가? 이러한 자포자기를 하면 이것은 이미 죽은 목숨이다. 죽는 순간까지 무언가를 추구하고 무언가를 여전히 탐구하면서 인간은 살아야 한다.

진정한 은둔자는 물질은 버리되 정신은 버리지 않는 사람이다. 모든 소유에서 벗어나 홀가분한 노년이 되는 것은 좋지만 정신은 어느 정도 긴장감을 유지하면서 항상 더 높은 이상을 추구하는 것이 진정한 은둔자의 삶이다. 죽는 그날까지, 숨이 이어지는 한 자신이 하고 싶은 일을 손에 쥐고 살아야 한다.

16. 노년의 뇌세포를 독서로 단련시켜라.

나이가 들수록 뇌의 기능이 퇴화한다고 한다. 하지만 최근 들어 인간의 뇌는 생각보다 훨씬 더 탄력적인 장기라는 사실이 밝혀졌다. 또한 기억을 다루는 해마도 사용할수록 증식한다고 한다.

이러한 사실은 기억력과 판단력은 단련하면 시간이 흘러도 쇠퇴되지 않는다. 즉 60세든 70세든 뇌세포는 사용하지 않아서 녹슬었을 뿐 사용하면 다시 튼튼해질 수 있어서 얼마든지 활성화되고 작동할 수 있다.

근육은 운동을 통해 단련시킨다. 그러면 뇌는 어떻게 단련시킬까? 그것은 독서가 최고의 방법이다. 독서는 뇌세포뿐만 아니라 정신도 단련시킨다. 독서는 뇌세포를 지적으로 연마시키고 정신적 활기를 되찾아 주는 가장 빠르고 좋은 방법이다. 독서야말로 매우 유용한 두뇌 건강법이다.

사람이 사람답게 유지하기 위해서는 평소에 항상 기억력이 좋아야 한다. 극단적인 표현이지만 '지금의 나는 곧 나의 기억이다.'

근래에 몇 십 년을 함께 산 배우자를 까맣게 못 알아보는 치매 환자가 늘고 있다. 60세 이후부터는 치매 현상을 미리 예방하는 뇌 건강 단련에 노력해야 한다. 한 가지 좋은 방법은 시를 감상하고 시를 외우고 큰 소리로 낭송하면 매우 좋다. 아니면 노래 가사를 큰 소리로 읽고 한 번 목청껏 부르는 것이다.

그림 그리는 것도 좋다. 자신의 취미 활동을 꾸준히 하는 것도 좋은 방법이다. 이처럼 육체 건강과 정신 건강을 위해 단련하는 방법은 자기에게 맞추어 여러 방법이 있다.

노년에 반드시 명심하라. 매일 식사를 해서 영양을 충분히 공급하듯이 두뇌 역시 지속적이고 정기적으로 충전을 시켜야 한다. 핸드폰을 충전하지 않으면 못쓰게 되는 것과 같은 이치임을 명심해야 한다.

17. 책을 읽으며 삶과 죽음에 대해 통찰해 보라.

다시 언급하지만, 지적 생활을 하는데 독서는 필수이다. 이 책의 저자 '와타나베 쇼이치'는 누구나 한번 꼭 읽기를 권하는 책은 파스칼 명저 「팡세」이다. 그는 인생 후반기에 서서 지금까지 살아온 날들을 정리하고 살아갈 날들을 계획하고자 하는 이들에게 다시 젊은 시절로 되돌아가 다시금 새롭게 출발하라는 의미에서 이 책의 독서를 권한다.

당시 파스칼은 아픈 사람이 어떻게 기도만으로 병이 나을 수 있는지 깊은 관심을 가지고 기록한 메모와 단편을 모아 정리하여 사후에 편집해서 출판한 책이 「팡세」이다. 이 책에는 파스칼의 진솔한 생각과 직감이 가득 차 있다.

이 책에는 '인간은 생각하는 갈대이다.'라는 명언과 '클레오파트라의 코가 좀 더 낮았다면 세계의 역사는 변했을 것이다.'라는 명언이 들어 있다.

'파스칼'은 「팡세」를 통해서 종교와 신앙과 인간관계를 다루었다. 결국 파스칼이 내린 결론은 확률적으로 볼 때 사후 세계와 기적, 신의 존재에 대해서 인정하는 편이 좋다는 것이다. 그는 신앙인이 아닌 과학자로서 이를 입증하고 싶어 했다. 그는 사후 세계와 신의 존재는 우리가 살고 있는 현실 세계에서는 확인할 수 없다. 신을 믿는 사람이든 무신론자든 죽지 않고서는 절대 모른다. 아니 죽어서도 절대 모를 수 있다. 다만 확률적으로 계산해 볼 때 신이 존재할 수 있다는 답이 나온다는 것이다. 그러나 이것 역시 계속 논쟁의 과제로 남는다. 인간의 영혼이란 화두와 함께….

다시 결론적으로 언급하면 살아생전이든지 죽은 사후에든지 신의 존재를 확인할 수는 없지만, 인간이 영혼을 생각하는 한 신의 존재를 인정하고 사는 편이 더 안전하다는 것이다. 분명한 것은 '파스칼'은 과학자로서 투철한 신념과 예리한 통찰로 종교의 필요성을 인정했다는 것이다.

「팡세」에는 수많은 언어와 인물이 등장한다. 플라톤, 키케로, 제논, 고대 그리스·로마 철학자, 몽테뉴, 데카르트 등이 종횡무진 등장하여 지적 능력을 자극한다. 이 책의 저자는 지적 여생의 첫발을 내디딜 때 선택할 최고의 책이라고 권하였다.

18. 지적 여생을 위한 세 번째 조건, 사랑

제2의 인생이라는 노후의 여생을 풍요롭게 잘 보내기 위해 마음 깊은 곳에서 우러나는 흥미를 찾아내고 심신의 근육도 살려서 건강을 유지하였다고 하자. 그러면 모든 준비를 잘하였는가? 아직 하나가 더 있다.

사람은 끝까지 혼자 살 수 없다. 인간은 홀로 왔다가 홀로 떠나는 존재이고 그래서 홀로 보내는 시간이 많다고 하지만 인간은 끝까지 사람과의 관계 속에서 산다. 인간에게 가장 중요한 것은 사랑이다. 끝까지 사랑이라는 인연으로 살다가 다시 태어나지도 않고 다시 죽지도 않는 영원한 곳으로 가야 한다.

사랑은 인간이 사는 원동력의 에너지이다. 사랑은 즐거움이 있지만 슬픔과 애처로움을 동반한다. 젊었을 때 사랑은 즐거움, 향락, 쾌락이 있지만 황혼의 사랑은 서로 간에 측은지심, 애처로움, 애잔함, 자비의 사랑이다. 즉 농익은 사랑으로 농익은 노을 인간이 되는 것이다.

작가 '아쿠타가와 류노스께'는 「거미줄」이라는 작품에서 도와줘야 하는데 도와줄 수 없는 참으로 안타깝고 애처로운 상황에 처한 깊은 사랑(愛)을 표현하였다.

사랑의 마음속에는 언어를 초월하는 연민이 있다. 이 세상에 뉘우침이 하나도 없는 사람은 없다. 그윽하고 애잔한 사랑, 그 황혼의 사랑으로 노후를 살아야 한다. 가장 오래 지속되는 사랑은 다시는 돌아오지 않는다. 홀로 자신의 마음속에 간직되어 있을 뿐… '윌리엄 서머싯 몸'이 남긴 말이다.

'나를 찾기' 위한 '빅토르 위고'의 탐구

— 「위고를 위하여 에스프리를 위하여」(박용주 옮김)

겨울은 어떤 시간일
까? 나는 하얀 설경이
떠오른다. 해마다 계절
의 순환으로 겨울을 자
연스레 만난다. 그런데
이번 겨울은 새삼스럽
다. 나이 탓인 것 같다.

과연 앞으로 몇 번이나 하얀 겨울을 만날 수 있을까? 생각에 잠
긴다.

불현듯 눈이 새하얗게 쌓이고 또 쌓인 깊은 산골 오지에 갇힌
자신이 된다. 온 세상이 지붕보다 더 높이 쌓인 설경 속에 갇혀 겨
우 집 앞 개울 샘물까지 빼꼼히 토끼길만 쓸어 낸 '고독한 설경 속

에 갇힌 방랑자'가 된다.

이렇게 설경 속에 깊이 침잠하면 '나를 찾는 시간이 바로 겨울이구나!' 느낀다. 지금까지 나는 과연 무엇인가? 모르고 살았다. 이 물음은 2,500여 년 전 고대 그리스의 '소크라테스' 철학의 화두인데 감히 답을 알 수 있으랴. 그저 궁금한 갈증을 품고 조금이라도 알고 싶다. 여러 다양한 방법이 있을 것이다.

나는 소박하게 어떤 한 인물을 탐구하면 그 속에서 '나를 찾는' 시발점이나 돌파구가 있을 것이라는 가설을 생각하였다. 한 인간의 정체성(正體性)은 한 인간의 본질을 아는 과제로 결코, 쉽지 않은 명제이지만 교양적 인문의 안목으로 접근한다.

마침 세종시 문인협회 '세종 시마루' 박용주 시인의 번역을 통한 「빅토르 위고(VICTOR HUGO)」 책을 접하게 되었다. 심도 깊이 그리고 폭넓게 독서를 하여 글을 써야 하는데 다만 일반 독자의 한 사람으로 소담히 글을 쓴다.

한 가지 짚고 넘어갈 것이 있다. 「빅토르 위고」의 1,020페이지의 방대한 책을 읽고 이 글을 써야 함께 문학을 교감하는 박용주 시인을 위한 도리인데 나중에 읽은 후 독서에 관한 담소를 갖도록 하고 먼저 '도움서'를 읽은 독서 산책을 펼친다.

1) 1802년, 브장송에서 아버지 '레오플 위고'와 어머니 '소피 트
   레뷔세' 사이에서 태어났다.

2) 어머니의 불륜과 아버지의 군인 생활로 어린 시절 부모의 사
   랑 결핍을 겪었다.

3) 아버지는 일찍부터 자식을 군인으로 키우고 싶었지만 이미
   문학으로 관심을 기울였다.

4) 14세, 처녀 작품 '이르타멘느'를 썼다.

5) 17세, 아카데미 '프랑세즈 문학 경시대회'에서 시 부문에 입상
   하였다.

6) 20세, 동네 친구 '아벨푸세'와 결혼하였다.

7) 낭만주의 선언인 '크롬웰'의 서문을 쓰면서 낭만주의 기수로
   발돋움하였다.

8) 26세, 아버지가 사망하였다.

9) 문학 공동체 '세나클'을 조직하고 낭만주의에 불을 지폈다.

10) 27세, 고전주의를 뒤엎는 희극 '에르나니'를 썼다.

11) 28세, 연극 '에르나니'를 상연함으로 고전주의 극장을 뒤집
    었다.

12) 29세, '노트르담의 곱추'와 '가을 나뭇잎'을 출간하였다.

13) 30세, 정치 풍자 희곡 '왕은 즐긴다'를 상연했으나 이튿날
    즉시 상연이 금지되었다.

14) 33세, 시집 '황혼의 노래'를 출간하였다.

15) 34세, 아카데미 프랑세즈 회원에 두 차례 낙선되었다.

16) 35세, 시집 '내면의 목소리'를 출간하였다. 낭만주의 대표시 중 하나인 '올랭피오의 슬픔'을 썼다.

17) 37세, 아카데미 프랑세즈 회원에 세 번째 낙선되었다.

18) 38세, 아카데미 프랑세즈 회원에 네 번째 낙선되었다. '빛과 그림자'와 '황제의 귀환'을 출간하였다.

19) 39세 아카데미 프랑세즈 회원에 다섯 번째 도전하여 마침내 당선되어 입회 연설을 하였다.

20) 41세, 딸 '레오폴딘느'와 '바크리'가 결혼식을 올렸으나 둘 다 센강에서 익사하였다. 너무 슬픔이 커서 10년 동안 글쓰기를 멈추고 정치에 눈을 돌렸다.

21) 46세, 2월 혁명이 발발하였고 파리지구 혁명위원에 임명되고 공화주의자가 되었다.

22) 47세, 입법회의 의원이 되어 빈곤에 대한 연설로 물의를 일으킨 후 온건파와 결별하였다.

23) 48세, '레벤느망'이 발행 금지되자 '민중의 출현'이란 이름으로 재발행하였다.

24) 49세, 노동자들의 빈민가 '릴르'를 방문하였다.

25) 나폴레옹 3세의 쿠데타에 대한 민중 저항 운동을 벌이다 국외 추방령을 받고 벨기에 '브뤼셀'로 탈출하였다.

26) 50세, '꼬마 나폴레옹'을 비밀리에 출간하였다.

27) 51세, 나폴레옹 3세를 맹공격하고 '징벌'을 비밀리에 발행

하였다.

28) 53세, 제르제^(영국) 저지섬에서 추방되어 게르제^(영국) 건지섬
으로 갔다.

29) 54세, 시집 '관조'를 출간하였다.

30) 56세, 악성 종양으로 집필을 접고 고독에 빠졌다.

31) 57세, 나폴레옹 3세의 사면으로 귀국령이 내려졌지만 귀국
을 거부하였다.

32) 58세, 불후의 명작 '레미제라블' 집필을 다시 시작하였다.

33) 59세, '여러 세기의 전설'을 출간하고 벨기에를 여행하였다.

34) 60세, 파리와 브뤼셀에서 '레미제라블 10권'을 출간하였다.

35) 62세, '셰익스피어 탄생' 100주년 기념 에세이 '윌리엄 셰익
스피어'를 출간하였다.

36) 64세, 소설 '바다의 노동자들'을 출간하였다.

37) 67세, 소설 '웃는 남자'를 완성하였고 '로잔느 평화회의 총
재'가 되었다.

38) 68세, 공화국의 안전을 확인하고 19년 망명 생활을 끝내고
파리로 귀환하였다. '프랑스인에게 고함', '파리 시민에게 고
함'을 출간, '징벌' 완본을 출간하였다.

39) 69세, 국민회의 파리 의원에 당선, 파리 코뮌의 난으로 브
뤼셀로 피신, 코뮌 추종자를 숨겨 주었다가 곤욕을 겪었다.

40) 70세, 딸 '아델' 정신병원에 입원, '무시무시한 해'를 출간
하였다.

41) 72세, ‘내 아들들’ 출간

42) 73세, ‘행동과 말’ 12권 출간

43) 74세, 상원 의원에 당선, ‘행동과 말’ 3권을 더 출간하였다.

44) 78세, ‘종교들과 종교’를 출간하였다.

45) 79세, 파리 시민들이 위고의 80회 생일 축하 행렬을 거행하였다. ‘정신의 4가지 바람’ 시집 출간, ‘빅토르 위고의 거리’가 생겼다. 그리고 자신의 모든 원고를 ‘파리 국립도서관에 기증’한다는 유언을 썼다.

46) 80세, 희곡 ‘트로크마다’ 출간, 상원 의원에 재선출되었다.

47) 81세, 그의 평생의 연인 ‘쥘리에트 드루에’가 사망하였다. 시집 ‘여러 세기의 전설 3부’를 출간, 손녀들과 스위스를 여행하였다.

48) 83세[1885], 그는 패울혈로 드디어 눈을 감았다. 300만 추모 시민이 운집한 가운데 국장으로 장례식이 치러졌다. 유언에 따라 가난한 민중의 영구차에 실려 ‘팡테옹’에 고요히 묻혔다.

49) 지난 2002년 프랑스는 ‘빅토르 위고 탄생 200주년 기념행사’를 성대하게 거행하였다.

50 19세기의 거장 ‘빅토르 위고’에 대한 현대 프랑스인들의 관심과 열망은 식을 줄을 몰랐다. 과연 그는 어떤 인물인지 그의 불멸의 위대함을 종합적으로 압축하여 살펴본다.

빅토르 위고의 위대함

1) 프랑스가 낳은 독보적인 작가였다.

그는 시, 소설, 희곡 등 여러 장르를 넘나들며 50여 권의 작품을 남겼다. 이 중에 많은 작품이 거작으로 평가되어 프랑스 문학사에서는 물론 세계문학사에서도 독보적인 일이다. 그는 평생에 걸쳐 수많은 작품을 줄기차게 썼다. 이미 14세에 처녀 작품 희곡 「이르타멘느(Irtamenes, 1816)」를 썼고, 80세 고령에 이르러서도 희곡 「토크르마다(Torqemada, 1882)」 작품을 썼다. 이것은 그 어느 작가에 견줄 수 없는 독보적인 열정의 위대한 작가임을 증명한다.

2) 천재적인 소설가였다.

그의 대표작 「레미제라블(Le sMiserables, 1862)」은 역사, 철학, 사회 소설로서 19세기 프랑스와 파리의 가난하고 궁핍한 사람들의 고달픈 삶을 통해 사랑과 정의, 선과 악, 기쁨과 슬픔을 강렬하게 표현하여 감동을 주었다. 특히 이 작품은 전 세계 어린이 청소년은 물론 어른에 이르기까지 독서 열풍을 일으킨 거작이다.

그리고 「노트르담 드 파리(Notre Dame de Paris, 1831)」 역시 유사한 위대성이 돋보였다. 지난 2019년 4월 15일 노트르담 대성당에 대형 화재 사고가 발생하였을 때 당시 프랑스의 온 국민이 슬픔에 잠긴 것은 이 작품에서 성당의 아름다움과 웅장함과 신비한 예술미를 치밀하게 묘사한 위고의 소설과 무관하지 않다. 이것은 마치 우리 한국의 국보 1호인 서울 '숭례문'이 불에 탔을 때 온 국민이 분노하고 가슴 아파했던 사건과 일맥 상통한다.

　3) 진정한 시인이었다.

　그는 20세에 '오드와 다양한 시들'(Odes et poesie diverses, 1822) 등 처녀 시로부터 평생 멈춤이 없이 시를 썼다. 실로 153,837행에 이르는 엄청난 시를 썼다. 이는 매일 밥을 먹듯이 쓴 셈이다. 그의 시는 인간의 영혼을 울리는 사랑, 열정, 고통, 죽음 등 보편적 주제를 담고 있다. 특히 19세에 세상을 떠난 딸 '레오폴딘느'를 생각하며 쓴 '관조'는 슬프고도 아름다운 프랑스의 가장 손꼽히는 시집 중 하나로 평가되었다.

　4) 그는 정열적인 극작가였다.

　그는 위대한 극장의 주인공이었다. 그는 '셰익스피어'에게 헌정하는 에세이를 쓰고 그에게서 수많은 영감을 얻었다. 특별히 희극의 고전을 타파하였다. 그는 극장은 오로지 민주적이어야 한다고 주장하였다. 작가의 임무는 모든 이에게 열린 말을 해야 하고 관객을 이끌어야 한다. 또한 사상 논쟁에 적극적으로 참여해야 한다고 주장하였다. 그는 프랑스의 '셰익스피어'이기를 자처하였다.

5) 그는 '앙가주망^(현실 참여)'의 지성인이었다.

그는 이상주의자였다. 권력을 향하여 비판을 망설이지 않았다. 당대의 온갖 사회적 논쟁에 적극적으로 참여하였다. 1851년 '나폴레옹 1세'의 조카 '루이-나폴레옹 보나파르트'가 쿠데타를 일으키자 그는 강력하게 대항하였다. 그리고 망명을 떠나 힘겹게 살았다. 그는 망명 생활에서 '황제 나폴레옹에 저항하는 글을 쓰면서 정의와 진보를 위한 그의 이상을 수호하는데 피땀을 쏟았다.

다음과 같은 그의 주장은 그의 사상을 압축한다. 정권에 대하여-지금 정권에 강력히 저항한다. 온 천지가 국민을 억압하고 감시하는 경찰 세상으로 정의와 진실은 눈을 씻고 보아도 없다.

사형에 대하여-피는 피로써가 아니라 눈물로 씻는 것이거늘… 교육의 중요성에 대하여-한 아이를 잘 가르친다는 것은 한 인간의 승리를 얻는 것이다.

6) 그는 프랑스의 기념비적 인물이다.

프랑스 국민은 프랑스 역사에서 프랑스의 문화, 언어, 천재성을 가장 높이 구현한 인물로 '빅토르 위고'를 뽑았다. 2015년 '리터러리 매거진'은 세계적으로도 위고는 가장 유명한 프랑스 인물 중 하나로 인식하고 있다는 통계 분석을 발표하였다. 1885년 그의 장례식 때에 추모객 300만 명이 몰려든 역사적 사건이 이를 입증하는 근거가 될 것이다.

7) 그는 시대적 휴머니스트였다.

그는 19세기 인물이지만 그의 사고와 '앙가주망'은 고전주의를 타파하고 '모더니즘(근대적)'에 가깝다. 그는 평화의 수호자로서 그 당시 유럽을 분열시킨 피비린내 나는 전쟁 종식과 유럽연합 헌법을 강력히 주장하였다. 그는 민족 간에 박애, 인종 차별 금지, 노예제 폐지를 위해 앞장섰다. 그는 '에스프리(정신 또는 영혼, 근대적인 새로운 정신 활동, 제1차 세계대전에 프랑스 예술계에서 일어난 예술 혁신 운동의 자유분방한 정신 활동)'를 외친 지성인이었다.

8) 그는 프랑스어의 천재였다.

그는 소설가, 시인, 극작가로서 언어를 능수능란하게 다루었다. 그의 텍스트는 세계 곳곳 프랑스어 교육에 적극적으로 활용된다. 우리나라에도 국어 교과서 문학작품으로 널리 애독되었다. 특히 대표적으로 「레미레자블」은 지금도 「장발장」으로 널리 유명한 고전 작품으로 세계적인 인기가 높다. 그의 대작은 모두가 어휘의 풍부함, 구문의 정확성, 문체의 미학을 드높였다. 그에게는 언어 철학이 있었다. '언어는 고정된 것이 아니다. 언어는 정신처럼 끊임없이 진화한다.'는 것이다. 그래서 그는 프랑스어에 대한 자신의 영향력을 '나는 낡은 사전에다 빨간 모자를 씌웠다.'라는 의미

심장한 말을 남겼다. 우리나라에도 이와 같은 모국어에 대한 뜻 깊은 명언을 남기는 대가가 탄생되기를 기대한다.

9) 그는 프랑스 국민에게 영감을 주는 원천이 되었다.

위고는 오랫동안 많은 시네마, TV 프로그램, 연극, 샹송에 원천을 제공하였다. 그는 아티스트들과 프로듀서들에게 끊임없는 영감을 불어넣어 주었다. 책을 좋아하지 않는 일반 대중에게도 영화관, 혹은 극장에서 어렵지 않게 그를 만날 수 있게 하였다. 소설 「레미레자블」은 텔레비전과 영화로 다양하게 각색되어 50회 이상 방영되었다. 전 세계에서 가장 유명한 3대 장수 디지털 작품으로 1980년 이래 전 세계에서 상연된 애니메이션은 '월트 디즈니'와 '노트르담 드 파리' 그리고 '레미제라블'을 최고로 손꼽는다.

10) 그는 가장 접근하기 쉬운 프랑스 작가이다.

「레미레자블」은 본래 수많은 철학적 여담을 포함하고 있는 원문 1,500페이지가 되는 방대한 소설이다. 프랑스 사람들도 읽는 것을 도전이라고 일컫는다. 우리나라는 다행히 '동서문화사 판본-송면 옮김'과 '믿음사 판본-정기수 옮김'의 번역본으로 일찍부터 애독하였다.

빅토르 위고의 대표 작품 소개

제한된 지면 관계로 '빅토르 위고'의 전모를 소개하지 못함이 아쉽다. 방대한 본서를 읽지 못하고 이 글을 쓰는 자체가 부끄러움을 고백한다. 다만 '빅토르 위고'에 대한 소개서로 가름한다. 그의 대표적 세 작품을 간략히 소개한다.

1) 레미제라블(Les Miserables)

위고는 하느님을 믿었지만 평생 성당에 다니지 않았다. 사제들과 좋은 관계를 맺지 않았다. 단 한 사람 진정한 하느님의 사람 '미리엘 주교'가 있었다. 그는 작품을 통하여 세상의 벼랑 끝에 선 사람을 보았다. 그리고 등장인물을 통하여 힘든 그들의 영혼을 위로하고 그들을 천국으로 인도하려고 애썼다.

1845년 11월 17일 위고는 파리에서 오랫동안 가슴속에 꿈꾸었던 '장 트레장'이라고 이름 붙인 소설을 쓰기 시작하였다. 1848년 2월 혁명으로 이 문학 작업은 중단되었다가 1851년 8월에 다시 쓰기 시작하였다. 그러나 영국 '건지섬'에서의 망명 생활을 하게 되었다.

그의 문학에 대한 투지와 열정은 급기야 17년이라는 긴 여정 끝에 불후의 명작 「레미레자블」은 폭풍이 몰아치는 고독한 섬 망명 중에 잉태되었다. 그는 수많은 사무와 성무와 예배를 마치고 남는 시간은 오로지 빈자와 환자, 고통받는 자들에게 바쳤다. 그 당시 위고가 목격한 '가톨릭교회'는 정의롭지 못했다. 모든 사제들은 높은 곳에 눈이 멀 뿐 낮은 사람들을 사랑하지 않는 존경할 구석이 전혀 없는 허깨비 신의 추종자들이었다.

단 한 사람 '미리엘 주교'만이 진정한 그리스도였다. 바로 이것이 위고의 철학이고 신앙이었다. 여기에서 한 가지 깊이 생각할 것은 위고는 자신이 꿈꾸는 작품에 파묻히기보다는 가난하고 궁핍하게 사는 낮은 밑바닥 빈자의 실생활 속에 함께 파묻혀 살면서 작품을 쓰는 현실주의자이다. 그래서 위고는 파리의 하수도 빈민 생활상을 지나치도록 상세히 묘사할 수 있었다. 그것은 바로 파리라는 도시의 양심을 깨우치는 것이다. 여기에서 위고의 밑바닥 철학을 발견할 수 있다. 뱀처럼 표독한 형사 '지베르'는 불쌍한 죄수 '장발장'과 하수도에서 만난다. 밑바닥에서 만난 그들은 서로의 밑바닥을 보았다.

위고는 작중 인물 '미리엘 주교'를 통하여 불행한 존재들을 위한 피눈물을 요청하였다. 사회악을 가져온 모든 그들, 모두 「레미제라블」의 불쌍한 주인공이다. 장발장이 키운 '코제트'는 사회의 희생양인 어머니 '팡틴느'로 인한 순교자이다. 죄지은 자는 지옥으로 보내야 한다고 믿는 '자베르' 역시 신념의 희생자이다. 이 소설은 위고가 기나긴 세월 동안 평생의 동반자인 '쥘리에트'와의 진실한 대화를 통하여 진심이 잘 묻어 있다. 평생 위고의 원고 필사를 도운 '쥘리에트'는 다음과 같이 말하였다.

“불쌍한 순교자의 운명에 저도 모르게 자꾸만 눈물이 나요. 제 마음과 영혼은 당신이 「레미제라블」이라고 이름 붙인 이 숭고한 책에 푹 빠져 버렸어요. 저는 확신해요. 이 책을 읽는 많은 사람도 저와 똑같이 느끼고 감동의 눈물을 흘릴 거예요.”

위고는 건강이 좋지 않았다. ‘만성 후두염’이란 결핵을 앓았다. 늘 곁에 있는 ‘쥘리에트’는 그를 ‘나의 가련한 고통’이라고 불렀다. 위고는 의사의 말을 무시하고 작품 창작에 온통 신경을 썼다. 아내에게 다음과 같이 간절히 말했다.

“시작한 작업은 결단코 잘 끝내고 싶어요. 하느님께 간절히 기도한다오. 내 영혼이 이 일을 마칠 때까지만 참고 기다리라고… 이 작업만 끝나면 내 몸을 원하는 대로 해도 좋소. 나는 머지않아 곧 죽을 것을 잘 아오. 주님! 부디 나에게 허락해 주십시오. 잘 끝내고 잘 죽도록….”

위고는 이렇게 죽음 앞에서도 편할 수가 없었다. 원고는 산더미처럼 쌓여 있었다. 드디어 6월 30일 아침 8시 30분 창가에 찬란한 태양이 비칠 때 「레미레자블」은 완성되었다. 오! 얼마나 벅찬 환희의 순간이었을까? 위고는 말했다. ‘단테’는 지하에 지옥을 만들었지만 나는 지상에 지옥을 만들고 싶었다. 그래서 결국 그는 지옥에 떨어진 인간을 그렸고 나는 지상에 인간을 그렸다.

위고는 교회에 가지 않고 하느님을 직접 만나기를 원하였다. 그는 사회의 진보는 하느님을 믿어야 가능하다고 믿었다. 만일 신앙인이 그리스도를 바르게 믿는다면 거리에 불행한 민중이 그처럼 넘쳐나지 않을 것이라 믿었다. 허울 좋은 사랑과 자비는 허깨비 구호일 뿐이다. 그리스도는 오직 밑바닥을 사는 민중을 위하여 이 땅에 온 빛이므로 그리스도를 입으로 말하는 것이 아니라 그리스도로 살아야 한다고 믿었다. 바로 '미리엘 주교'처럼….

위고는 교회의 교리도, 가정의 법도도, 법의 잣대도, 교육의 미래도 모두 한결같이 하느님의 사랑이라고 믿었다. 그는 이 세상 모든 것은 낮은 이들을 향한 끝없는 정의와 연민뿐이었다. 그는 배부르고 썩어 문드러진 골통 보수를 혁파하지 않고는 그리스도가 그토록 피를 흘린 피값을 도저히 얻을 수 없다고 굳게 믿었다. 그는 외쳤다.

"나는 거짓을 파는 사제, 불의를 자행하는 재판관과 싸운다. 봉건적 요소의 제거, 재산권의 보편화, 사형제도를 폐지해야 한다. 노예제도를 거부한다. 나는 불행을 몰아내고 무지한 이들을 가르치고 질병을 치료하고 칠흑의 지옥을 증오하고 환히 밝히고 싶다. 이것이 내 존재 이유이고 「레미제라블」을 쓴 이유이다."

「레미레자블」은 인류의 진보를 담은 소설이다. 명예와 권세와 향락을 누리는 자에게는 무서운 책이고 밑바닥에서 불행하게 사는 빈민들에게는 희망의 빛을 주는 책이다. 그래서 그 당시 프랑스 위정자들은 일반 많은 시민이 읽지 말아야 할 금서로 지극히 위험한 책으로 예의 주시하였다.

위고를 깊이 걱정한 작가 '라마느틴느'는 두터운 연민의 정을 가졌다. 위고는 자기 소설을 최고의 작품인지는 모르나 최선의 작품이라고 말했다. 「레미레자블」이 출간되는 날, 파리 도시의 독자들은 책 구입을 위해 쟁탈전을 벌이고 야단법석이었다. 새벽부터 팡제르 편집 인쇄소가 있는 센 거리는 서점 주인과 위탁 판매업자, 서점의 속보마들이 점거하고 있었다.

가게 문이 열리자 인산인해를 이루고 난리가 나서 경찰이 바빠졌다. 책이 바닥에서 천장까지 산더미를 이루고 순식간에 독자들의 인파로 아수라장을 이루었다. 벨기에도 비슷한 광경이었다. 거의 모든 나라들이 번역 저작권을 요구하였다. 책은 단시간에 불티나게 팔렸다.

1862년부터 1884년까지 500만 부가 팔렸다. 그중에 약 290만 부는 어린이용이었다. 또한 뮤지컬 '레미제라블'은 1980년 파리 초연 이후 41개국 21개 언어로 총 4만 3천 회, 5천 5백만 기록이라는 놀라운 흥행을 세웠다. 또한 20개가 넘는 영화로도 상영되었다.

지난 150년간 「레미제라블」은 그야말로 위고의 큰 성품, 큰 사상, 큰 신앙을 한눈에 볼 수 있는 낭만주의와 휴머니즘의 대광장이었다고 '헤럴드 블룸'은 극찬하였다.

2) 노트르담 드 파리(Notre-Dame de Pare, 노르트담의 곱추)
소설 「노트르담 드 파리」는 위고가 1828년 28세에 쓰기로 마음먹었다. 당시 그는 중세에 대한 호기심이 넘쳤고 프랑스에서는 역사소설이 인기가 있었다. 당시 위고는 첫 보좌 신부 왕비의 고해 담당이었던 한 신부로부터 성당의 심오한 의미를 들었다.

위고는 이 소설을 쓰기 전 노트르담 성당을 가서 그곳을 샅샅이 살폈다. 그곳 한쪽 종루의 어두컴컴한 구석에서 벽에 새겨진 그리스어 글자 'ANANKE(숙명)'을 보았다. 그는 그때 많은 생각을 했으리라. 기념비적인 유명한 건물에 무슨 이유로 왜? 수많은 어휘 중에서 운명과 동의어인 '숙명'이 새겨 있을까? 그때 그는 자신이 태어난 이유를 사색하며 자신의 숙명을 생각하지 않았을까? 자신은 바로 이 소설을 써야 할 숙명이라고….

그것은 위고의 에스프리에 큰 영향을 주었다. 29세의 위고는 새로운 창작을 하기 위한 자료 수집에 몰두하였다. 그런 후 드디어 글 감옥으로 들어갔다. 식사 시간과 잠자는 시간 외에는 책상 앞을 떠나지 않았다. 그는 첫 장을 시작하면서 창작 열기에 사로잡혔다. 그의 창작 집념은 실로 대단하였다.

피곤도 겨울 추위도 느끼지 못하였다. 12월 몹시 추운 한겨울임에도 창문을 모두 활짝 열어 놓고 작품을 썼다. 가히 불굴의 집념을 짐작하게 된다. 1831년 1월 15일 드디어 집필을 완성하였다. 「노트르담 드 파리」 소설에 대하여 '테오필 코티에'는 진정한 '일리아드(최대의 영웅 서사시)'라고 극찬하였다.

위고는 부유한 힘의 은총을 증오하고 철저히 버림받은 '곱추 콰지모도'를 통하여 '비참한 민중'의 변호인이 되기를 원했다. 그 당시 몸이 온전치 못한 아이로 태어난 아이에 대해 교회는 잔인한 결정을 서슴지 않았다.

위고는 천형을 갖고 태어난 생명들에 대한 가득한 연민을 스스로 가슴 깊이 남달리 끌어안았다. 노트르담 종지기, 비참한 민중의 상징 '콰지모도'의 증오는 모든 사람의 심장을 찌르는 화살이었다. 단 한 사람 예외는 '프롤로' 신부이다.

신부가 손가락으로 신호만 보내면 성당의 탑 위에서라도 서슴

없이 뛰어내릴 곱추 '콰지모도'는 절대로 순종하였고 그는 곧 하느님이었다. 몹시 뒤뚱거리는 거인 곱추 '콰지모도'는 짐승만도 못한 멸시와 조롱을 받으며 오직 친구는 자신이 치는 성당의 종소리였다. 실로 '콰지모도'는 가면을 쓴 악마의 신부일 뿐 욕망의 화신이다.

반대로 '남루한 곱추 종지기'는 하느님의 울림이 자신이 온몸으로 치는 종으로 파리 시내 곳곳에 울려서 은은히 울려 퍼지는 종소리가 곧 자기라고 믿는 천사였다. 소설 속에 한 장면을 소개한다.

"종을 크게 울리는 날이면 그는 커다란 기쁨에 휩싸이곤 하였다. 그는 종들과 함께 진동하면서 종들을 극진히 쓰다듬고 사랑하였다.

종소리가 그의 온몸을 울리며 파리 시내로 울려 퍼져나갈 때마다 그는 마치 햇빛 속을 훨훨 나는 새처럼 마음이 환히 밝았다. 그는 한참 동안 자신이 친 종들을 어루만져 주었다. 그중의 가장 커다란 종에는 '마리'라는 이름까지 붙여 주었다.

그가 '마리'에 말처럼 올라타고 온몸으로 미친 듯이 흔들면 그의 몸짓은 꿈이 되고 소용돌이가 되고 훨훨 눈부신 새가 되고 마침내 폭풍이 되었다.

그때마다 그는 눈물을 흘릴 수밖에 없었다."

위고는 시인의 역할은 민중을 일깨우고 끌어안는 것이라 믿었다. 「노트르담 드 파리」는 숙명적인 사랑과 정열, 질투 같은 인간의 생생한 감정을 서정 넘치고 자유분방한 수법으로 묘사했다는 점에서 낭만주의 작품의 전형이다. 우리나라 불문학자 '송면'은 위고의 「노트르담 드 파리」는 중세에 관한 거작이고 「레미제라블」은 현대에 관한 거작으로 두 대작은 인간이 어떻게 살아야 하는지를 비추는 거울이라고 평하였다.

3) 관조(Les Comtemplations, 서정시)

위고가 54세에 사랑하는 딸 '레오폴딘느(19세)'를 저세상으로 보냈다. 그 딸을 잊지 못하고 그리움에 쓴 시집이다. 프랑스에서 가장 슬프고도 아름다운 뛰어난 시로 손꼽힌다. 여기에 그 시를 소개한다.

〈관조〉

내일 새벽이 오면 들판이 하얗게 바뀌는 시간
떠나리라, 아이야 네가 기다리는 걸 아노니
숲을 지나가리, 산을 넘어가리라
더 이상 너로부터 멀리 떨어져 머물 수 없으니

오직 네 생각에만 잠긴 채 걸어가리라
바깥일랑 아무것도 보지 않고 아무 소리도 듣지 않고

홀로 이방인처럼 구부정한 등 팔짱을 낀 채
외로이 걸으리라 내게는 낮도 밤 같으리니
바라보지 않으리라 저녁 해의 황금빛도

멀리서 아르플뢰르를 향해 내려오는 돛단배들도
마침내 도착하면 네 무덤 위에 놓으리라
초록 호랑가시나무와 하이드 꽃 한 다발
오! 난 처음엔 미친 자 같았고
아! 사흘을 쓰라리게 울었다
난 거리의 포석 위에 이마를 부수어 버리려 했오

우리는 관조한다 어두운 것, 미지의 것, 불가사의한 것을
우리는 탐색한다 현실을 이상을 가능성을
늘 관조하는 유령 존재를

황량하고 드넓은 어느 묘지에서 나는 꿈꾸고 있었다
풀꽃들과 무덤의 십자가들
내 영혼과 죽음들의 콘서트를 듣고 있었다
태어나는 것은 떨어지는 것으로부터 나오기를
하느님은 원하고 있다
그리고 어둠이 나를 가득 채우고 있었다

　'빅토르 위고'는 한평생 소설, 시, 희곡 등 창작 활동을 한 대작
을 남긴 위대한 인물이다. 그는 문학의 여러 장르를 넘나들며 많

은 작품을 썼고 많은 대작을 남긴 프랑스의 문호이다.

그는 작품에 안주하는 예술인으로 머물지 않고 민중 속에 뛰어들고 민중을 일깨우는 지성인으로 자신의 작품을 현실에서 실현하려는 앙가주망의 선봉자였다. 그는 보수를 개혁하는 진보주의자이고 명예, 계급, 권위, 재물보다는 정의와 진실을 실현하는 이상주의에 앞장섰고 이를 위해 정치에 뛰어든 문학인이다.

그는 민중의 깊은 괴로움과 불행에 항상 연민의 정으로 그들을 행복하고 평화롭게 살게 하는 꿈을 가진 휴머니스트였다. 그는 부정, 부패, 불의와 싸우고 타락한 보수 종교를 개혁하고 밑바닥에서 핍박당하는 민중의 삶에서 인간의 본질을 찾고 사랑을 실천하는 선구자였다. 그는 평생 동안 교회에 다니지 않고 진실로 그리스도를 믿는 참된 신앙인이었다.

나는 생각한다. 숨가쁘게 질주하는 차들의 행렬처럼 정신없이 앞만 보고 바쁘게 사는 현대인은 목표가 없이 표류하는 삶을 사는 것 같아 많은 생각을 하게 한다. 매일 다람쥐처럼 쳇바퀴를 도는 삶, 단 한 번이라도 자신을 반추하면서 진실한 삶을 찾으며 사는지 생각하게 된다.

밤중에 일어났다. 깊은 밤 3시가 넘었다. 여기저기 아파트에 띄

엄띠엄 불이 켜져 있다. 그때까지도 공부를 한다. 지금 우리나라
는 초중고 학생들이 오로지 대학을 들어가려고 총력을 기울인다.
학교에서, 학원에서, 도서관에서 깊은 밤까지 대학 입시를 위하여
개성과 특기를 무시한 채 성적순으로 줄 세우는 한심한 공부에
매진한다.

언제 '빅토르 위고' 같은 대문호가 탄생될까? 깊은 생각을 하게
된다. 지금 우리는 풍요 속에 빈곤으로 사는 소시민이 되었다. 물
질적 풍요만 추구하면서 정신적 허무 속에서 삶의 방향을 잃었다.
특히 편리하고 편안한 과학 문명사회 속에 사는 현대인으로 생활
은 극심한 경쟁에 휘말려 각박한 긴장 속에 고립된 개인주의로 살
아가고 있다.

나는 이번에 '빅토르 위고'의 책을 읽으면서 나를 조용히 살펴보
고 반추하면서 재정립하는 지표와 거울을 찾는데 도움을 얻었다.

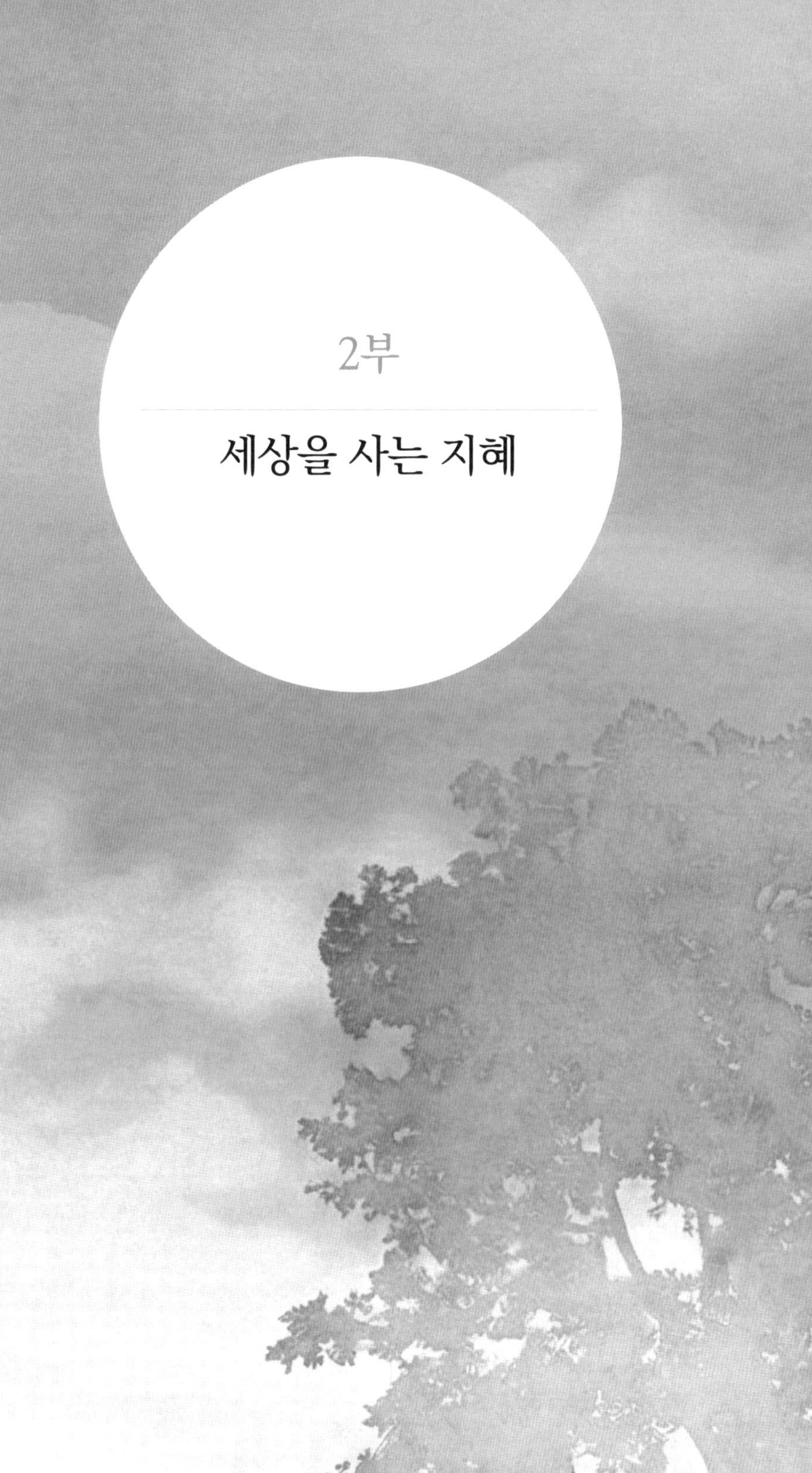

2부

세상을 사는 지혜

'삶은 예술로 빛난다'(Life Shines with Art)를 읽고
—그림이 있는 화가들의 사연에서

인간은 지구상에서 만물의 영장이라고 한다. 지구에서 인간보다 능력이 뛰어난 존재는 없다. 그래서 현재 인간은 첨단 과학 문명의 능력을 최대한 발휘하여 상상을 초월하는 편리하고 편안한 일상생활을 누리고 경제적 풍요로움 속에 행복과 즐거움을 누리며 산다.

그러나 한편 지구상에서 가장 위험한 존재가 바로 인간이다. 무엇보다 인간의 끝없는 욕망의 개척과 개발로 지구의 풍부한 자원을 무한정 고갈시키고 지구 환경의 급격한 변화를 초래하여 지구의 기후까지 심각한 나쁜 영향을 미쳐서 지구가 곧 멸망한다는 난관에 부딪혔다.

이처럼 지구에서 인간은 극단적 양면성의 심각한 어려움에 부 딛혀서 이것을 어떻게 최선의 지혜와 능력을 발휘하여 지구를 원 상태로 회복하고 만물이 서로 잘 상생하는 신천지로 어떻게 만들 것인지 커다란 과제를 안고 있다.

지금 현대 인간은 첨단을 달리는 과학 문명 속에서 신(神)보다 과 학을 신봉하는 시점에 이르렀다. 특히 최근에 최첨단 AI의 등장 으로 창조력까지 능력과 지혜를 발휘하는 과학의 놀라운 힘 앞 에서 신을 능가하려는 인간이 인간을 능가하는 과학의 능력 앞에 또 다른 난관에 부딛혔다.

하루가 다르게 급변하는 폭넓은 현대를 살아가는 인간은 다양 하게 범람하는 정보와 지식의 홍수 속에 폭넓은 지식과 기술을 습득하고 끊임없이 공부하고 연구하고 터득하고 창의력까지 높 여 나가야 한다.

그러나 만물의 영장인 인간은 지금 무엇보다 현재 살아가는 의 미와 가치를 알고 보람을 느끼면서 사는 것이 매우 중요하다. 물 론 가장 중요한 것은 건강이다. 그리고 서로 다 함께 즐겁고 행 복하게 사는 것이 소중하다. 이를 위해서 독서를 꾸준히 해야 한 다. 인생을 잘 알고 급변하는 세상을 알면서 사는 것, 쉬운 것이 아니다.

여기에서 새삼 독서의 필요성을 느낀다. 독서만큼 인생과 세상의 과거, 현재, 미래를 아는 지름길이 없다. 자신에게 맞는 독서 분야를 선택하고 다양한 교양과 취미, 특기 및 전문성을 살려서 독서를 꾸준히 즐겨야 한다.

인생은 짧고 예술은 길다. 한편 당장 내일이 어떻게 될지 모르는 불확실성의 세상을 지금 산다. 그러나 지나치게 고심할 필요는 없다. 그러니까 어떻게 살아야 할까? 라는 명쾌한 답을 찾으면 된다. 시간과 공간을 초월할 수 없는 인간은 자신의 현실을 직시하여 과연 정말 어떻게 살 것인지에 대한 명쾌한 답을 얻어서 성실히 살면 된다.

여기에 도움을 주는 것이 독서이다. 독서와 부단한 연구와 탐구가 최선의 지름길이다. 「삶은 예술로 빛난다」(Life Shines with Air, 조원재 著)를 읽었다. 한마디로 '어떻게 살 것인가'에 대한 가장 아름다운 대답을 찾는 데 도움을 받는 독서이다.

뒤늦게 '내가 없는 삶을 살았구나!' 불현듯 느끼면서 허탈감이 몰려오는 피곤한 시간 속에 갇힌 나를 발견하였다. 열심히 살았는데 무엇을 위해서 살았는가? '바쁘게 헤매기만한 나의 삶' 그저 멍할 뿐이다.

이 책은 바로 이런 나를 흔들어 깨웠다. 바로 여기에서 다시 새삼스럽게 시작하라는 메시지를 받았다. 그래서 지금부터 하루하루 내 이야기가 들어 있는 삶을 살라는 것이다. 또 그 흔한 나이 탓, 그거 절대 금물이다. "내일 당장 지구의 종말이 오더라도 나는 작은 사과나무를 심으리라."는 스피노자의 말을 상기한다. 이제부터 단 하루를 살더라도 진짜 나의 삶을 살라는 것이다.

우리는 누구나 해맑고 총명한 '어린아이' 시절이 있었다. 선과 악이 없고 말과 글이 없고 그저 높은 하늘 세상이 가득한 그 초롱초롱한 눈망울 빛의 아기와 천진한 아이는 말과 글을 배우기 전에는 세상이 온통 신비하고 아름다운 세상으로 호기심 가득한 동심의 세상이었는데 그만 이미 만들어진 세상을 살아가면서 그만 동심을 송두리째 잃어버리고 선과 악이 범람하는 까마득히 눈먼 각박하고 좁은 세상을 헤매는 존재가 되어 버렸다.

동심이 곧 천심이라는 대자연과 우주와 영원과 연결된 '나'라는 한 존재는 이 세상을 살면서 한정된 시공간 속에 얽매여 오감으로 느끼는 감각과 감정, 사용하는 언어에 국한된 사고와 생각 속에서 지구라는 지상에 사는 생명체로 그 이상을 초월하는 존재가 못되었다.

이것은 인간은 태어나서 가정과 사회, 국가의 굴레에서 정해진

교육, 제도, 윤리, 규범 등 울타리에 갇혀 자신의 무한한 특기, 재능, 독창력의 잠재력을 한 번 마음껏 발휘하는 기회를 놓쳐 버렸다.

'피카소'는 모든 아이들은 예술가라고 하였다. 다만 문제는 나중에 어른이 된 후 어떻게 예술가로 성숙하여 재창조될 것인가? 바로 이것이 어려운 문제라고 하였다. 그래서 이제부터라도 세상에 모든 인간은 예술가라는 본성을 상기해야 한다.

우선 반복되는 지친 삶을 훌훌 털어 버리자. 내 속에 숨어 있는 감성과 지성을 매 순간 의식하여 끄집어내는 노력을 발휘해야 한다. 매 순간 나의 내면에 숨어 있는 잠재력을 발견한다면 무미건조한 나는 새로운 기회를 만나게 된다.

지금부터 하루하루가 매일 저절로 오는 것이 아니고 내가 매일 나를 표현하는 하얀 백지 한 장씩 받는다고 생각하자. 날마다 아침에 이런 생각을 하는 자체가 나는 하루를 생동감 있게 보낼 수 있는 활력소를 갖게 한다. 날마다 한 장씩 백지에 나를 어떻게 표현할까? 내가 주인공인 무대를 만들어 하루하루를 살자.

'프랜시스 베이컨'이 현대인에게 강조하였다. 끊임없이 범람하고 폭주하는 정보의 홍수에 휘말리지 말자는 것이다. 세상을 새롭게 보는 시각을 찾고 열심히 살아야 한다. 눈만 뜨면 남녀노소 누구나 들여다보는 스마트폰과 TV 화면과 컴퓨터 노예에서 벗어나자. 나의 내면을 예리하게 들여다보고 나를 찾고 나만의 독창력을 발휘해야 한다. 나의 내면으로부터 우러나온 삶을 한 번이라도 제대로 살아 봤는가?

한 예술가가 자신만의 독창적인 작품을 창조하기 위해선 삶을 살면서 숱한 체험과 사유를 쌓고 예술 작업을 끊임없이 시도하며 예술에 대한 자신만의 정의, 관점과 견해, 철학을 정립해야 한다는 것이다. 이제부터라도 이런 시각과 관점을 내가 가져야 한다.

1. 나에 대한 명료한 정의부터 정립하자.

한 예술가가 자신이 하는 예술에 대한 명료한 정의를 정립하지 못한 채 계속 예술에 몰두한다면 그는 그 예술을 왜 하는지? 자기 예술의 방향성, 자기 예술의 목적성이 없는 허공을 헤맬 뿐이다. 우선 한 인간으로서 단 한 번 살다 가는 자신의 소중한 삶에 대하여 과연 '나란 무엇인가?'에 대한 답을 자신이 명료하게 찾아야 한다.

그러면 나는 무엇을 위해 살아야 하는지? 어떻게 살아야 하는지? 어느 방향으로 가야 하는지? 지금 내가 사는 여기가 어디인지? 깊이 생각하게 된다. 그리하면 인생이란 망망대해에 떠 있는 작은 돛단배인 불안하고 위험한 '나'라는 존재는 돛대와 삿대를 손에 쥔 주인공으로 항해하는 탐험가가 되는 것이다.

2. 나에 대한 명료한 정의는 내가 무엇을 하면서 어떻게 살아야 하는지 알려 주는 불빛이 된다.

우리는 그동안 정신없이 세월의 큰 강물에 휩쓸려 살다가 돛대와 삿대도 없는 돛단배로 등대도 없는 깜깜한 망망대해를 표류하는 나약한 신세가 되었다. 이제라도 깜깜한 잠 속에서 깨어나야 한다.

'로댕'은 아무도 미처 생각 못하는 무심히 방치된 한 돌덩이에는 무언가 큰 비밀이 숨겨져 있다고 믿었다. 바로 그것이 그를 세상에서 위대한 조각가로 탄생시켜서 유명한 〈생각하는 사람〉이란 작품을 만들게 하였다. 이것은 그저 숱하고 흔한 아무 가치란 없는 무용지물의 돌덩이가 훌륭한 예술 작품이 된다는 발견에서 그 자신의 정의를 찾게 하였고 위대한 작품과 위대한 예술가를 탄생시켰다.

3. 자기 민낯을 보고 자신의 독창력을 발휘하자.

우리는 매일 수없이 거울을 본다. 세수하면서 거울을 보고 화장을 하면서 거울을 보고 옷을 갈아입으면서 거울을 보고 저녁에 집에 돌아와서 거울을 본다. 그런데 나의 자화상을 똑바로 아는

가? 인간은 겉과 속이 다른 존재로서 과연 나를 제대로 알면서 사
는가? 특히 치열한 경쟁과 불확실한 변화의 물결 속에서는 겉과
속이 다르게 살아야 살아남을 수 있다고 한다.

　화장한 얼굴과 겉치레의 옷을 입은 나는 가식의 모습이다. 내가
진정한 나로 살아가려면 본래의 나를 알고 나의 목표와 방향을
꿰뚫어 알고 살아가야 한다. 그러려면 민낯의 내 본모습을 찾아
야 한다.

　'빈센트 반 고흐'는 자화상을 수없이 그린 화가이다. 그는 화가
로서 인생을 탐구하고 인생을 그렸다. 그는 인생을 나비의 일생
과 견주었다. 알→애벌레→번데기→나비, 4주기로 생각하여 알은
탄생을 의미하고 애벌레는 어린이와 청소년기, 번데기는 청년기,
나비는 장년기와 노년기로서 내 나름으로 구분지었다.

　그는 〈뉘넌 교회를 나서는 사람들, 1884~1885〉부터 〈오베르
의 교회, 1890〉 초기 작품에서 원숙한 작품까지 나비의 일생에
비유하였다. 특히 〈농부의 두상, 1885〉에서 〈조셉 룰랭의 초상,
1889〉에 이르러서도 자화상을 나비의 일생에 비추어 자신의 작
품을 설명하였다. 즉 '빈센트 반 고흐'는 애벌레 시기를 지나 번데
기를 거쳐 나비의 시기에서 비로소 거듭나는 훌륭한 작품을 창조
하였다.

결국 인간은 하얀 백지에서 태어나서 어린이, 청소년, 장년, 노년을 거쳐 처음 왔던 하얀 백지상태로 돌아간다는 의미이다. 결국 인생은 무(無)에서 왔다가 무(無)로 되돌아간다는 뜻이다. 이러한 인생의 자화상을 고찰하여 깨달으면 나는 어느 것에나 또는 무엇에 이끌려 다니지 않고 나만의 독창적인 삶을 찾아 살아갈 수 있다.

만일 나의 본질과 나의 자화상을 모른 채 살면 아무리 건강하게 100세까지 산다 해도 애벌레에서 나비로 성숙하여 훨훨 드넓은 세상을 날지 못하고 번데기 껍질의 허물을 벗어나지 못하는 신세에 머물고 만다.

4. 산책을 하면 매일 새롭게 태어난다.

산책은 그 자체만으로 건강과 기쁨을 주고 때로는 일상의 활기를 준다. 산책을 즐길 필요가 있다. 운동량이 부족한 나이를 먹을수록 걷기나 산책이 필요하다. 그러나 매일 무엇엔가 얽매여서 바쁘게 살다가 조용히 산책 한 번 못하면서 산다. 특히 현대인은 가정, 학교, 직장, 사회 집단 속에서 단편적인 흥미 위주의 정보, 오락, 게임, 채팅 등으로 너무 스마트폰 컴퓨터에 매료되어 산다. 그래서 일찍부터 사색을 상실하였다.

어느 공간이나 시간 속에서 지나치게 스마트폰 컴퓨터에 매몰

되어 사는 함정에 빠지면 자연 속에서 살면서도 자연을 잃어버리고 우주 속에 티끌 같은 존재로 우주를 잃어버리고 산다. 한 번 깊이 되돌아봐야 한다.

산책을 즐긴 '빈센트 반 고흐'는 화가란 자연의 품속에 사는 존재로서 숨을 쉬는 공기와 바람, 마시는 물 한잔, 바다를 관찰하고 이해하며 살라고 하였다. 그는 아무리 평범한 사람이라도 자연 속에서 먹고 마시고 숨 쉬며 평생을 사는 자신을 찾을 때 그것은 다시 예술로 승화된다고 하였다.

'빈센트 반 고흐'는 수많은 풍경화를 그렸다. 그는 수없이 산책을 즐기면서 이른 새벽의 먼동이 트는 고요와 밤하늘, 별빛, 달빛에서 명상에 잠기며 떠오른 소재를 그림으로 그렸다. 그리하여 〈추수, 1889〉, 〈사이프러스 나무, 1889〉, 〈나비가 있는 정원, 1890〉 등의 명작을 남겼다. 결국 인간이 아름다움을 느끼고 체험하는 것은 인간의 삶과 대자연을 통해서 얻는 결실이라고 생각한다.

반 고흐나 우리나라 장욱진, 이우환 등 많은 화가는 다음 세 가지 산책을 즐겼다.

첫 번째, 빠른 걸음 산책이다. 건강을 위한 산책이라 할 수 있다.

아무것도 구경하지 않고 아무것도 생각하지 않고 무상무념(無想無念) 자신의 건강을 위한 땀 산책이다.

두 번째, 작업을 하지 않을 때나 작업을 마친 후 저녁에 하는 느린 산책이다. 편안하고 여유로운 산책인데 아무 제약 없이 마음 가는 대로 여기저기 구경하고 관찰하고 듣고 만지고 냄새 맡고 맛보는 행위를 총동원하는 산책이다. 즉 주변에 사람, 사물, 자연물, 조형물, 풍경 등 모든 것을 편하게 만나는 산책이다. 이것은 자연스럽게 예술 작품으로 승화되는 자양분이다.

세 번째, 사색적, 철학적, 비판적 산책이다. 이것은 밖으로 나가서 산책하기도 하지만 작업실 안에서 또는 집필실 내에서 이루어지기도 한다. 겉으로 보기엔 몸만 움직이는 것 같지만 사실은 정신이 움직이는 산책이다. 이러한 세 가지 유형의 산책은 모든 예술가에게 공동으로 공유되는 필요한 산책이다.

5. 아이가 되어라.

앞에서 언급하고 강조하였다. 아직 이 세상에 물들지 않은 천진난만하고 잠재력이 무궁무진한 동심은 이 세상 각양각색의 사람과 사는 모습과 대자연과 하늘과 밤 별빛 등 모든 것이 신비하고 이상하고 수없이 질문하고 탐구할 것이 많다. 바로 그 새싹이 제대로 한 번 활짝 꽃을 피우지 못한 채 장년, 노년이 되었다.

참 뒤늦게 아쉬움이 크다. 소년기, 청년기, 장년기, 노년기를 겪으면서 여러 장애 요인의 영향을 받아 현실이란 시간과 공간의 굴레 속에 갇혀 평범한 소시민으로 안주하게 되었다. 지금 지위, 명예, 권력, 재물에 현혹된 사람들이나 평범한 소시민 중에는 자신의 잠재력과 자신만의 독창력을 제대로 성장시켰으면 인생의 가치와 보람을 획득하는 독보적 인간이 되었을지 모른다.

‘에드바르 뭉크’〈노란 통나무, 1912〉그림을 살펴본다. 산 숲속에 하늘 높이 쑥쑥 자라는 나무들 가운데 톱으로 잘려서 아무렇게나 나뒹구는 나무가 있다. 대부분 숲속 시원한 공기를 마시며 싱싱한 나무에 눈길을 보내고 하늘 높이 치솟는 푸른 기상에 관심을 가질 것이다. 그러나 뭉크는 이젠 죽어서 아무 쓸모가 없다고 느끼는 나무에 더 마음과 생각이 쏠렸다. 바로 죽은 듯 쓰러진 나무가 누군가의 손에 의해 집이 되고 가구가 되고 궁전이 되고 높은 탑이 되어 100년, 1000년을 우뚝 서 있다면 이것을 어떻게 생각해야 할까?

그래서 벼락을 맞아 쓰러져서 계속 썩어 가는 고목에서 버섯이 자라고 새 둥지가 생기고 꽃이 피는 것을 본 어느 시인은 ‘죽어야 사는 나무’라고 예찬하고 노래하였다.

나는 청소년 시절 장 프랑수아 밀레의 〈저녁종^(만종), 1880〉에 심취하였다. 고단하게 온종일 일하는 부부의 고즈넉한 가을 들녘 어디선가 저녁 종소리가 은은히 들려올 것만 같은 풍경 속 경건한 감사의 기도는 오랫동안 심장 깊이 큰 여운의 울림을 주었다. 이것은 그 어떤 것으로 견줄 수 있는 예술에 심취하는 경지이다. 살면서 이런 경지를 많이 맛보아야 질 높고 윤택한 삶을 사는데 그냥 일상생활에 시달려 산다.

이렇게 미술가들은 어른이 되어서도 아이의 눈으로 감각과 느낌을 살려 자신만의 통찰력과 독창성을 발휘하여 자신의 명작을 남긴다. 아마도 이것은 모든 예술가들의 공통점일 것이다. 어쩌면 모든 과학자들의 피나는 탐구와 연구도 아이의 무궁무진한 신비와 의문의 씨앗이 계속 자라는 잠재력의 성숙일 것이다.

6. 돌을 금으로 만들어라.

우리는 매일 다람쥐 쳇바퀴 돌 듯하는 일상생활 속에서 지루함을 느끼고 산다. 아! 산다는 건, 이게 아닌데 하면서 일탈을 꿈꾸기도 한다. 그러나 똑같은 시간이란 없다. 즉 똑같은 쌍둥이 하루란 결코 없다. 매일 똑같은 그날이 그날이라고 지루하게 느낄 뿐이다. 바다가 한 번도 같은 바다가 없듯이 하루도 매일 다르다.

'클로드 모네'는 그림을 그리기 위해 캔버스 앞에 섰을 때 '장님이 막 눈을 뜨게 되었을 때 낯설고 경이로운 그 모습을 그리고 싶다.'라는 열망을 가졌다. 우리는 일상생활에서 낯익은 것에 너무 안주하여 낯설은 것에 새로운 것이 있음을 망각하였다.

〈수련-구름, 1903〉 그림을 많이 그린 '모네'는 똑같지 않은 낯선 감흥의 수련을 열망하여 그렇게 그림을 수없이 그렸다. 어제 보인 바다가 오늘도 그저 평범하게 똑같이 보이면 너무 지루하여 답답할 뿐이다. 언제나 똑같은 것으로 보이는 바다가 새롭게 낯설게 보일 때 번쩍 나의 뒤통수를 후려치는 순간을 만나 나는 돌을 금으로 만드는 새로운 주인공이 될 수 있다.

7. 일탈을 하자.

우리는 누구나 여행을 꿈꾼다. 우리는 누구나 매일 똑같은 생활이 반복되면 지루함을 벗어나고 싶은 어느 낯선 곳으로 훌훌 떠나고 싶다. 이것은 안주하는 편안한 일상은 새로운 나의 발견이 어렵고 새로운 나의 발돋움과 성숙이 어렵기 때문이다.

매일 어제와 아무것도 다를 것 없는 안주의 삶은 매일 맞이하는 아침이 어떤 설레는 선물을 받았다고 느끼지 못한다. 그러면 제자리를 계속 맴돌기만 하는 자신이 될 뿐이다. 여기서 여행이란 어떤 낯선 곳으로 훌쩍 떠나는 것만이 아니다. 더욱 중요한 여행의 묘미는 몸은 여전히 제자리에 머물러 있더라도 내 마음과 의지가 어느 낯선 곳으로 떠나서 새롭게 사는 것이다.

멕시코 국민 화가 '프리다 칼로'는 〈가시 목걸이를 한 자화상, 1940〉 그림으로 유명하다. 그녀는 소녀 시절 의사를 꿈꾸었는데 불의의 교통사고를 당했다. 그저 침대에 누워 있는 비참한 신세가 되었다. 참담하고 답답해서 참을 수 없었고 급기야 평소에 전혀 생각지 못했던 그림을 그리기 시작하였다. 그는 슬픔에 빠진 어머니에게 다음과 같이 말하여 도리어 희망의 기쁨을 샘솟게 하였다.

"나는 죽지 않고 이렇게 산 것, 기적이에요. 더욱이 이제야 살아야 할 이유가 생겼어요. 그것은 바로 그림이에요."

비록 사지가 붕대에 꽁꽁 감겨 있었지만, 손만 겨우 움직일 수 있는 몸으로 열심히 병상의 그림을 그려서 자신의 삶에 희열을 느꼈다. 참으로 놀라운 생의 높은 경지에 오른 것이다. 그녀는 그 이전과 완전히 다른 새로운 삶의 큰 이정표를 세웠다. 사실 우리 주변에는 육신이 갑자기 어떤 불행한 일로 불구가 되었지만 그 불행을 도리어 자기 삶에 가치를 찾고 보람을 갖게 하는 인물이 되었다. 지금부터 매일 아침 새로운 하루라는 시간을 선물 받아서 새삼스러운 낯선 하루에 새로운 나를 투자해 보자.

8. 내면의 기쁨을 맛보라.

예술가로 살기로 한 사람들은 자기 내면에서 꿈틀대어 움트는 생각이나 느낌 감정의 뚜껑을 닫아 외면하거나 숨기면 온전한 자기 모습으로 살 수 없다는 것을 깨달은 것이다. 그들은 부딪히는 여러 체험으로 남과 더불어 사는 것 못지않게 자기 내면의 감성과 느낌을 밖으로 분출하고 표현하는 것은 곧 자기 생존과 직결되는 행위라고 여긴다. 우리는 종종 외부에 보여야 하는 내 모습을 신경을 써야 하는 것 때문에 겉 다르고 속 다른 나의 일상을 보이며 살게 된다.

이것은 본래의 내가 아니고 온전한 내가 아니다. 그래서 그림이나 시와 예술은 숨겨진 내면을 표출하고 표현하며 기쁨과 희열을 맛보는 것이다. 겉과 속이 다른 얕은 감정에만 치우쳐 살지 말고 깊은 내면의 감성을 끄집어내어 말하고 노래하고 춤추고 즐기면서 정말 자기 삶에 희열을 맛보면서 살아야 한다. 결국 예술 작품의 감상은 나를 찾고 나를 보는 행위이다.

9. 인생은 정답이 없기에.

"인생이란 무엇인가?"
"어떻게 살아야 하는가?"
"인생의 목표는 무엇인가?"

이것에 대한 정답이 있는가? 정답에 가까운 최상의 답을 찾을 뿐이다. 이 지구라는 별에 사는 인간은 철학, 과학, 신학, 예술 모두 위의 질문에 정답을 찾기 위해 노력할 뿐이다.

그러나 이런 거창한 것도 김창열 화가의 〈물방울, 1974〉 그림을 통하여 작은 물방울에서 비롯된다는 사실을 일깨워 준다. 그는 우연인 듯 불현인 듯 어느 날 아침, 밤새 그린 그림이 맘에 들지 않아서 물감을 뜯어내고 다시 사용하려고 캔버스에 물을 뿌렸다. 바로 그때 아침 햇살 속 캔버스에 송골송골 맺힌 크고 작은 물방울이 발견되었다. 그때 그 감흥과 희열의 '우연인 듯 불현인 듯 생긴 물방울' 명작이 탄생되었다. 어떻게 물은 물이라는 액체에서 수증기라는 기체로 기체는 다시 얼음이라는 고체 알갱이로 변화 상태를 지금 내 눈에 보일까? 과연 존재란 모두 이처럼 고정되어 있지 않고 끊임없이 변하는 현상이 아닐까? 의구심이 발동하였다. 한 폭의 그림을 감상하면서 인간의 삶과 대자연과 우주를 생각하고 사색하게 한다.

10. 나만의 예술을 실현하는 삶이 되자.

우리는 먹고, 입고, 잠자고, 놀고, 즐기고, 쉬고, 떠드는 일상에 대부분 시간을 보내면서 남과 다름없이 산다. 또한 그것에 만족하면서 살기도 한다. 그러나 한 겹 삶의 갈피를 들추고 인생의 속살을 들여다보면 그것이 인생의 전부가 아니라는 점을 깨닫게 된다. 각양각색의 희로애락과 생로병사를 겪으면서 실패와 성공,

갈등, 분노, 그리움, 고독, 방황 속에 사는 존재이다.

그러나 분명한 것은 남이 간 길을 똑같이 갈 수는 없다. 한 번 왔다가 가면 그만인 제1장 제1막의 짧은 단막극 무언가 색다른 주인공이 되어야 한다. 단 한 번이라도 내 안의 목소리를 듣고 나만의 생을 살아야 한다. 그렇지 않으면 인생의 석양에서 뒤늦게 후회할 것이다.

아무리 실패하고 암울하더라도 누구에게나 언제인지는 모르나 한 번의 기회는 있다. '진정한 나'를 꼭 발견하고 싶은 사람에게는 번쩍 섬광처럼 빛나는 기회는 꼭 있다. '미칼란젤로'처럼 돌덩이를 금으로 만드는 주인공이 되자.

새로운 세상을 나는 날개여!
—「미학 수업」(문광훈)을 읽고

싱그러운 녹음의 여름이다. 아침에 일어나면 창문을 열고 두 팔이 날개인 양 가슴까지 활짝 펴고 시원한 공기를 몸속 가득 심호흡한다. 또 하루의 시작이다. 지난겨울 꽁꽁 얼어붙은 추위, 창문을 닫고 잔뜩 웅크린 긴 생활이 불현듯 스친다. 싱싱한 푸르름이 점점 짙게 온 세상 넘쳐서 바다와 산이 젊음을 부른다. 젊음과 낭만을 맘껏 펼치라는 유혹이 다가오는 창밖 풍경이다.

4월 말경 땅콩, 완두콩, 쪽파, 토마토를 심기 위해 밭을 일궜다. 삽으로 땅을 파는데 갑자기 흙 속에서 개구리가 폴짝 튀어나왔다. 갑작스런 돌발 사태에 놀랍고 흥분했다. 그리고 깊은 겨울잠을 깨고 세상으로 나온 생명이 반가웠고 자칫 조심성 없는 실수로 한 생명을 무모하게 죽일 뻔한 생각에 가슴을 쓸어내렸다. 그러던 그 개구리가 논물 여기저기 개구리알을 낳더니 어느새 밤마다 무리지어 개굴개굴 요란히 합창를 한다.

반짝이는 별빛과 함께 경이로운 여름밤이다. 엘리엇^(T.S Ehiot) 시인이 '4월은 잔인한 달/죽은 땅에서 라일락을 키워 내고' 예찬한 〈황무지〉 시가 떠올랐다. 황무지 같은 황량한 불모지 산천에 때 아닌 반란이나 혁명처럼 갑자기 온 산천을 푸르게 물들이고 온갖 꽃 만발하더니 싯푸른 녹음과 풋과일 달리는 계절에 놀라움과 경탄을 금치 못하겠다.

우리는 이처럼 자연환경과 우주의 섭리에 영향을 받고 살면서 자연과 우주의 신비에 경이로움과 감탄을 맛보는 생활을 해야 하건만 쫓기는 일상생활이 그렇지 못하다. 무언가 매우 중요한 핵심을 상실하면서 산다는 느낌을 갖는다.

도시나 농촌이나 어촌 어디를 불문하고 산다는 것에 얽매여 정신없이 허둥대는 현대인의 진풍경이다. 편한 과학 문명 속에서 다양하고 급변하는 생활의 변화 속에 살아가는 현실의 일상생활은 자칫 현대 생활이란 큰 흐름 속에 휩쓸려 자신의 정체성을 상실한 채 삶의 방향도 없이 그냥 맹목적으로 살아가는 '나 없는 나의 삶’이다. 그러므로 현대인은 현대 생활상을 직시하고 꿰뚫어 보는 안목과 지혜를 가지고 ‘나를 나로 사는 삶’을 살 수 있도록 노력하는 능력이 필요하다.

근래에 「미학(美學) 수업」(문광훈 著) 책을 읽었다. ‘품격 있는 삶을 위한 예술 강의’라는 부제가 붙었다. 문학이나 예술을 하는 사람은 누구나 읽어야 할 필독서이다. 아마 문학이나 예술을 전공하는 대학생들도 미학은 필수로 공부하고 연구할 것이다. 일반인도 누구나 자신의 삶을 위해 교양으로 한번 관련 도서를 읽을 필요가 있다고 본다. ‘몽테뉴’는 수상록에서 다음과 같이 썼다.

‘나는 내 삶을 만드는 데 모든 노력을 기울였다. 이것이 내 직분이고 내 사업이다.’

우리는 내 삶을 만드는 삶을 살아야 한다. 내가 없는 나의 하루를 살지 말아야 한다. 유한한 짧은 생애에서 그리고 단 한 번 기회만 주어진 생(生)을 내가 주인공으로 무대를 펼치는 인생을 살아야 한다. 과연 우리는 이런 생각을 하면서 살아가는가?

자신을 돌아보아야 한다. 현대인의 한 가지 맹점은 삶을 살면서 인간, 자연, 우주를 함께 생각하고 사색하면서 질 높은 생을 살도록 노력해야 하는데 자연과 우주를 깜빡 잊은 채 인간 본위로만 살아가고 있다.

　현대인은 대부분 가정과 사회 속에서 자신의 직장과 일터에서 일(노동)하고, 먹고, 입고, 즐기고 때로는 휴식 시간을 보내고 잠자는 습관을 반복한다. 그 가운데 생로병사(生老病死)와 희로애락(喜怒哀樂)을 겪으면서 사는 시민으로 살아간다. 그러나 여기에만 안주하고 머무를 수는 없다.

　지구상에 모든 생명은 주어진 환경에 순응하면서 무난히 무사히 살지만, 지식과 지혜와 언어와 생각과 창의력을 가진 존재로 더욱 향상된 자신의 삶을 위해 자신의 현실에서 탈출하고 실험하고 모험하고 탐험하고 도전하면서 새로운 자신을 창조하는 노력을 해야 한다. 이것은 인간의 본성이기도 하다.

1. 인간은 다른 새로운 것들과 만남을 원한다.

　인간은 현실에 안주하면서 살기도 하지만 한편 자신의 현실에 만족하지도 않는다. 그래서 현실 속에 파묻혀 살지만, 현실을 벗어난 좀 더 나은 삶을 추구한다. 현재까지 자신의 삶에서 새로운 자신을 꿈꾸고 찾는다. 여기에서 한 가지 인간은 심미적 요구의 발동이 꿈틀거린다. 인간은 살면서 자신이 아름답기를 원한다.

　모든 새와 동물이 생존 욕망이 가장 강렬하듯 인간도 생존의 욕망은 역시 치열하고 강력하다. 그래서 물질적 부의 추구는 본능적으로 강렬하다. 그러나 인간은 한편 정신적 존재로서 아름다운 자신의 미적 갈망이 크다. 인간은 애초부터 자연과 우주의 신비함에 도취하였고, 감탄하였고, 의문을 품었고, 철학적 예술적 과학적 존재가 되었다.

카뮈(A Camus)는 '이 세상을 경탄하면서 사는 것, 그것이 예술이다.'라고 하였다. 심미적 미적 감각과 감성은 다른 사고와 상상으로 부단히 변이되면서 더 새롭게 초월적 능력으로 나아간다.

2. 더 넓고 깊은 지평으로

인간의 심미적 특성은 종교적 존재와 예술적 존재로 발전하였고 더 나아가 의문을 품은 수없는 질문의 답을 찾아 급기야 과학의 존재로 발전하였다. 자연과 우주의 섭리에는 침묵의 무한한 변화가 숨어 있다. 인간은 명상과 폭넓은 사고 속에 무한한 형이상학과 진리에 몰두하였다.

인간은 먼저 존재의 본질과 정의를 꿰뚫어 보고 싶은 지혜의 샘으로 더 넓고 깊은 새로운 지평을 열었다. 그것은 예술로 신의 경지에까지 오르려는 꿈을 가졌고 종교로 신이 되려는 의지로 발버둥 쳤고 결국 최근에 이르러 과학으로 신을 능가하려는 현대 과학 문명을 등장시켰다. 여기에서는 예술에 관련하여 인간의 삶을 논한다.

아름다움을 추구하는 예술은 인간이 새로운 세상으로 나아가는 창조의 촉감으로 사랑의 삶을 살게 한다. 여기에서 인간은 삶에 가치를 동시에 추구하게 된다. 예술적 경험은 자신이 사는 현실이 좁다는 것을 깨닫게 하고 또 다른 세상에 눈뜨게 하여 부딪히는 고통과 좌절을 극복하여 새로운 세상으로 갈 수 있게 한다. 인간은 감각의 쇄신과 삶의 쇄신으로 더 넓고 깊은 삶의 지평을 만드는 능력을 발휘한다.

인간은 실존을 침묵과 무한한 허공, 언어와 사고(思考)에 의한 상상력과 창조, 빛과 어둠, 공기 등 유무형의 세계를 넘나들며 고찰하고 증명하고 발전시켰다. 이것은 안전과 지속 변화의 생활 속에서 꾸준한 유지와 변형을 출현하였다. 이것은 지구상에 오직 인간만이 갖는 유일한 능력이다.

인간의 고유한 이 특수한 능력은 언어, 수학, 사고력, 창의력을 발휘하여 사회, 역사, 경제, 정치 등의 인문학을 발전시켰고 시, 소설, 희곡 등 언어 예술과 음악, 조각, 건축, 미술과 영화 등 다양한 예술 분야를 확대 발전시켰다. 그러므로 예술은 인간 생활을 통한 다양한 경험과 체험의 밀도(density)에 의한 산물이다. 언어, 생각, 사고력, 창의력을 발휘하여 소리와 색, 빛과 어둠, 인간의 오감에 의한 느낌과 감각을 총동원한 예술 세계를 구현한다.

여기에는 선과 악의 등장으로 인간의 삶이 아름다운 미적 생을 다양한 예술 작품으로 표현하여 인간의 삶을 좀 더 윤택하게 하고 질 높이 승화시킨다. 즉 인간의 물질적 풍요만으로는 부족한 정신적 풍요와 윤택으로 인간의 삶을 빛나게 한다는 것이다.

3. 무한성의 경험

인간은 시간과 공간의 생활 속에서 생명의 유한성을 스스로 깨닫고 있다. 그리고 공기와 물이 없으면 한순간도 살 수 없는 나약한 존재임을 스스로 알고 있다. 이러한 인간은 자기 자신과 자신 밖의 외부 세계를 스스로 알려고 일찍부터 부단히 노력하였다.

인간은 산과 바다에서 무한히 탁 트인 허공을 주시하며 유한하고 나약한 자신의 존재로부터 무한한 존재가 되기를 갈망한다. 이것은 무한성 체험의 원동력이 된다. 내가 사는 시간과 공간은 현재 내가 머무르지만 나를 뛰어넘어 더 먼 곳까지 이를 수 있다는 강렬한 느낌과 감각은 인간에게 낭만주의를 낳았다.

즉 인간은 자신의 유한성과 나약함에 좌절하거나 주저앉지 않고 심신이 탁 트이는 저 먼 곳을 응시하면서 그곳에서 불어오는 바람의 촉감에서 광활한 체험을 하고 싶은 충동이 발동한다. 인간은 유한성의 본향에서 광활하고 무한한 타향을 그리워하는 이상주의(理想主義) 존재이다.

결국 인간의 본향에 발을 딛고 타향을 그리워하는 이상주의는 인간을 예술적 존재로 우뚝 서게 하였고 예술로 질 높은 삶을 사는 기회를 마련하였다. 그러나 한편 자칫 현대 인간은 과학 문명의 혜택으로 편리함과 편안함을 누리고 발달한 의학으로 건강한 심신으로 수명을 연장하면서 세상을 보는 안목이 오히려 좁아져서 인간중심주의 속에 개인 이기심으로 살아가는 양상을 보이는 특징이 나타난다.

과학 문명과 물질문화의 팽창이 낳은 또 하나 인간의 삭막하고 황폐한 참모습이다. 이것은 정신과 영혼의 회복으로 이타심을 키우고 사랑과 아름다움의 삶을 강조하게 된다. 현대인은 더욱 예술 세계를 향유하면서 살아야 함을 각성시킨다.

4. 아름다움이란 무엇인가?

인간은 아름다운 삶을 동경한다. 오랫동안 끊임없이 줄기차게 아름다움을 추구하고 아름다운 삶을 살려고 노력하였다. 왜? 인간은 이러한 존재인가? 이것은 인간의 근본 본모습에서 찾을 수 있다.

인간 존재의 근본은 선과 악, 즉 아름다움과 추함을 동시에 가진 양날에 번뜩이는 날개이다. 항상 매 순간 선과 악의 갈림길에서 거룩하고 아름다운 존재로 승화하려 하고 또 한편 추악한 악마의 존재로 선을 짓밟는 쾌감을 쟁취하려고 한다. 이 둘은 매 순간 서로 대립하고 서로 우위를 독점하려고 수단과 방법을 동원한다. 인간사에는 밤과 낮이 공존하듯이 항상 긍정과 부정, 진실과 거짓의 세력 다툼 속에 산다. 과연 인간은 어디까지 천사의 극치를 달리고 어디까지 악마의 극치를 달릴 것인가?

또한 이 현상은 얼마나 끝없이 영원히 이어질 것인가? 미학사(美學史)를 살펴보면 시대와 지역에 따라 변하였다. 중세에는 신이나 신적 완전성 표현으로 미학이 등장하여 예쁜 혹은 아름다움을 추구하였다. 그러나 19세기로 들어오면서 추함도 미학에 포함되었다. 이것은 곧 선을 알려면 악을 알아야 하고 한 몸을 가진 인간 속에 선과 악이 함께 들어 있어서 둘을 따로 떼어 놓을 수 없다는 의미이다.

결국 미학 탐구와 연구 및 공부는 인간 탐구이고 인간학 연구 및 공부이다. 어떤 소설 작품에서 주인공의 지고지순(至高至純)한 삶을 감명 깊이 표현하려면 대립하는 악의 극한 인물을 등장시켜 가슴 두근거리고 실감이 나는 생소한 삶의 체험을 표현하여 명작을 탄생시켜야 한다.

또 인간은 자신의 자화상을 부단히 알려고 한다. 자신의 겉모습은 물론 내면까지 보고 싶고 알고 싶은 욕망을 가지고 있다. 반면에 자신의 밖에 보이는 세상의 모습과 산 넘어 바다 멀리 보이지 않는 세상까지 궁금한 호기심을 품고 있다.

그래서 화가들은 그림으로 자화상을 많이 표현하였고(대표적 초상 화가-렘브란트 등) 고뇌, 슬픔, 좌절 등 내면의 모습도 그림으로 표현 하였다. 근래에는 사진이나 영상 예술이 발달하여 자화상과 세상 의 다양한 진상을 작품으로 실감 나게 표현한다.

아름다움이란 무엇인가? 여기에서 잠시 "꽃이 피고 지는 그 사 이를/한 호흡이라 부르자/제 몸을 올려 꽃을 피워 내고/피어난 꽃은 한 번 더 올려/꽃잎을 떨어뜨려 버리는 그 사이를/한 호흡이 라 부르자/꽃나무에게도 뻘처럼 펼쳐진 허파가 있어/썰물이 왔 다가 가 버리는 한 호흡/바람이 차르르 키를 한 번 흔들어 보이는 한 호흡/예순 갑자를 돌아 나온 아버지처럼/그 홍역 같은 삶을 한 호흡이라 하자."라는 문태준의 〈한 호흡〉이라는 시를 감상하 면서 아름다움을 곱씹어 한 겹 깊이 생각해 본다.

꽃이 피고 지는 것도 시인의 눈엔 한 호흡이다. 숨 한 번 들이쉬 고 내쉬는 그 시간의 여운을 시인은 본다. 세상의 모든 일은 들숨 처럼 일어나고 날숨처럼 사라진다. 꽃이 피는 시간과 자리, 꽃이 지는 시간과 자리에서 시인은 서성거리며 머묾과 사라짐의 내면 의 동요를 은밀히 주시한다. 여기에서 예술에 몸담고 사는 예술인은 물질 세상에서는 맛볼 수 없는 정신의 즐거움의 묘미를 특별히 체험하는 복을 누릴 수 있다.

5. 다매체 시대의 예술

지금은 다매체 시대의 지식 정보 사회 속에서 살아가고 있다. 다양한 매체가 제공하는 지식 정보의 홍수 속에서 짓눌려 산다고 해도 과언이 아니다. 취사선택을 잘해야 한다는 기로에 놓였다. 다양한 온갖 지식과 시시각각 일어나는 소식과 정보를 쉽고 편하게 수시로 알 수 있다. 다매체 제공의 혜택 결과이다. 반면에 최적, 최상의 지식, 지혜, 정보를 획득하기가 어려운 실정에 휩쓸려 있다. 그리고 교육 및 사회 전 분야에서 급변하는 변화에 따라가기도 바쁜 형편이다.

그러나 이러한 형편에도 불구하고 현대인은 더욱 윤택하고 질 높은 삶을 살아야 한다. 연일 범람하는 AI 지능의 막강한 위력, 드론 로봇의 등장, 반도체의 엄청난 혁신 앞에 사회구조가 송두리째 바뀌고 인간의 생활과 삶의 양식도 큰 변화가 예고된다. 그럴수록 인간은 물질적 풍요와 정신적 윤택의 방법과 기술과 지혜를 터득해서 살아야 한다. 보고 듣고 읽는 것이 아무리 다양하고 화려해도 결국 내가 얼마나 소화하느냐가 관건이다. 그것은 자각과 판단 능력을 높여야 한다.

앞으로는 TV, 영화, 인터넷, 책, 신문 등 각종 매체에서 쏟아지는 전달 내용을 올바로 해석하고 번역하고 소화하는 능력을 갖추어야 한다. 그래서 더욱 폭넓은 고도의 생각과 사고 능력을 높이고 접수되는 내용을 이해하고 소화하는 능력까지 높여야 한다. 그리고 올바른 감정과 감성을 발휘할 수 있는 능력도 갖추어야 한다.

바로 여기에 예술의 미적 체험을 쌓아서 자신이 더 나은 생존법을 터득해야 한다. 현대인은 부단히 노력하고 훈련해야 한다. 쉽게 얻는 왕도는 없다.

6. 어떻게 사느냐? 어떻게 배우느냐?

1) 지금 여기의 나로부터 인문학에 관심을 가지거나 더 넓은 문화에 관심을 갖는 사람들은 어딘가를 가서 어떤 작품을 감상하거나 어떤 작품을 심취해 듣거나 고전을 읽어야 한다고 생각한다. 이것은 맞거나 틀리기도 하다.

맞는 이유는 인문학은 예술에서 가장 밀도 있게 경험할 수 있기 때문이고, 틀린 이유는 예술만이 아니라 일상의 활동 속에서도 예술의 반성적 체험을 할 수 있기 때문이다. 조금만 우리 일상 속으로 어린아이의 청순한 동심으로 들어간다면 그저 평범한 것들이 생소하고 새롭게 다가와 깜짝 놀라게 될 것이다.

1년 내내 바쁘고 치열한 경쟁 사회와 경제구조 속에서 현대인은 계절의 변화와 자연의 섭리에 둔감해졌다. 하얀 겨울이 펼쳐지는지 달랑 까치밥 하나 달린 홍시의 찬 서리 늦가을이 얼마큼 저물어 가는지도 모른 채 우리는 서로 정신없이 다람쥐 쳇바퀴 돌 듯 산다. 얼마나 황량하고 삭막한 현상인가?

세 살 외국어 조기교육과 수학, 피아노 등 각종 학원 교육에 휘말려서 어린이까지 일찌감치 동심을 잃고 눈치 빠른 애늙은이가 되어 버렸다. 하루속히 학교와 골목길에 생기발랄한 동요와 어깨동무가 깡충거리는 동심의 세상을 회복해야 한다.

위에서 지적한 예술의 반성적 체험은 나의 현재 느낌과 감성으로부터 시작된다. 인문학의 핵심은 지금 당장 여기 내 느낌과 생각이 즉흥적인 언어로 표현되며 이것은 다시 성찰의 예술적 모티브(motive)로 변형되는 것이 중요하다. 즉 감정, 감성-사고-언어-결정-판단-행위의 반성적 경로를 겪어서 또 다른 삶의 체험을 맛볼 때 나는 예술의 정신 세상으로 몰입되고 작품을 쓰게 된다.

이 예술의 반성적 체험을 강조하기 위해 옛날 초등학교 교과서에서도 나온 화가 '밀레의 저녁종' 그림을 상기한다. 그 그림의 화폭에는 어느 추수하는 늦가을, 한적한 가을 들녘 풍경이 펼쳐진다. 노동에 힘겨운 두 부부가 경건히 두 손 모아 고개 숙여 감사의 기도를 하고 있다. 조용하고 고요히 그림을 감상할수록 멀리에서 꿈결처럼 어느 교회의 높다란 종탑에서 저녁종이 은은히 울려 온다. 그 순간 들판에는 경건함과 엄숙함, 은은한 가을 들판의 분위기에 모두 잠긴다.

이런 한 폭의 그림은 한 인간의 예술의 반성적 체험의 삶의 결실이다. 우리 인생이 정신적으로 풍부하고 윤택하려면 이러한 반성적 예술 체험의 경로를 겪어야 한다. 내가 형이상학적 어떤 예감을 갖는 것은 삶의 또 다른 정신적 자산을 얻는 것이다.

2) 진리의 올바른 변형

인문학의 문제와 과제는 단순히 주장하거나 정의하는 데 있지 않다. 혹은 설명하거나 선언하는 데 있는 것이 아니다. 인문학은 인문 정신이 중요하다. 인문 정신은 단순히 사는 것이 아니라 사는 것에 대한 반성이고 이 반성 속에서 자신의 갱신이며 이 갱신을 통하여 자기 삶의 변형에 도달하는 것이다.

이때의 변형은 그것이 자발적이라는 점에서 외적 지침이나 도덕적 훈계와 다르다. 그러면서 그것은 생활의 실천을 지향한다는 점에서 다분히 윤리적이다. 이러한 주체 형성이라는 개념에는 '푸코의 실존 미학적 구성'이 이어지고 '쉴러의 심미적 인간 교육론'

에 들어 있는 생각이 연결된다고 할 수 있다.

우리에게 자기 형성적 갱신 과정은 인간의 삶에서 핵심이 된다고 할 수 있다. 매일매일 조금씩 더 나아지고 자아와 사물과 현실과 자연을 더 넓게 느끼고 더 깊이 생각해야 한다. 푸코는 '주체 형성에서 인간은 주어진 존재가 아닌 스스로 만들어 가는 존재'라고 하였다. 여기에서 그는 자신을 확대하고 심화시켜야 한다고 하였다.

화가는 그림을 그리면서 자기 삶을 변화시켜 가듯이 우리는 자신을 돌아보며 자기 삶을 새롭게 만들어 가는 것이다. 자기 변형의 작업이 '심미적 경험'과 유사하다고 푸코의 생각을 한번 곰곰이 생각하게 된다.

3) 삶의 배우기-즐거우며 진지하게
인문학은 오늘을 살아가는 사람들 삶 속에 하나의 양식(style)으로 내면화될 때 어느 정도 제 모습을 갖춘다. 여기에는 인문학의 위기라 하여 너무 조급하거나 허둥거릴 필요가 없고 인문학의 붐이라 하여 지나치게 믿지도 말아야 한다.

차라리 느긋하면서 오히려 단단히 무장하는 생각을 해야 한다. 길고 멀리 내다보는 안목을 가지고 무엇을 해야 하고 어느 방향으로 나아갈 것인지 생각해야 한다. 지금 우리는 근대적 지성사, 정신사, 문화사의 관점에서 현실을 진단할 때 시를 감상하며 현실을 좀 더 깊이 생각하고 음악을 들으며 더 새로운 세상을 꿈꾸고 그림을 보면서 인간을 좀 더 이해하고 건축을 보면서 균형 감각은 향상하는 것이 좋겠다. 바로 이것이 나로부터 시작하는 인문학적 실천의 구체적 대응 방식이 된다.

우리는 허황된 언어를 줄이고 구체성을 가지고 말하며 분명한 사고를 하며 현실을 냉정히 직시하는 가운데 현실 너머의 세계 또는 존재 혹은 형이상학까지 생각해야 한다. 이것은 자기 속에서 세계를 품는 일-세계사적 존재로 나아가는 길이기도 하다. 이는 곧 나 스스로 결정하고 자율적으로 행동하며 그에 따른 책임을 감수하는 행위이다. 즐거움은 바로 이런 자발적 여지에서 온다.

이 여지가 얼마나 큰 것인가에 따라 행복의 밀도도 결정되는 것이다. 자기 삶을 자기 스스로 만들어 가는 자유와 책임만큼 유쾌하고 진지한 일은 달리 없을 것이다. 인문학은 한마디로 자기 형성의 진지한 놀이이다.

7. 자신으로 돌아가는 일

현대사회의 특성은 여러 관점과 차원에서 말할 수 있지만 핵심 중 하나는 체험의 상실을 손꼽을 수 있다. 우리는 지금 체험하는 기회가 점점 줄어들고 우연적 요소의 기회가 증가하여 그 우연성을 고려하다가 자기 능력에 의한 가치 형성이 안 되고 가치 균열에 갈등과 고민에 직면하게 된다.

이것은 요즈음 젊은이들이 자기 전공과 직장에서 괴리 현상에 부딪히면서 겪는 것에서 보게 된다. 또한 현재 우리 사회에는 자신의 전공 분야에 평생 몰입하는 학자 같은 사람은 다른 분야에 대한 체험의 결핍으로 사회 부적응을 겪는다. 이것은 자칫 유능하고 탁월한 우수한 인재를 원만히 수용하고 활용하지 못하여 개인적, 사회적, 국가적 손실을 초래하는 기현상을 표출하였다.

셰익스피어와 괴테를 읽고 갈릴레이나 아인슈타인을 공부하는 것은 그들을 숭배하기 위해서가 아니다. 그들을 읽고 이해하고 배움으로써 지금 우리의 현실을 좀 더 명료하게 알기 위해서다. 즉 자신의 삶을 더 잘 살 수 있게 하기 위함이다. 이를 위해서는 내가 우선 새롭게 느낄 수 있어야 하고 나의 감수성이 대상에 대해 또한 나에 대해 세상을 향하여 열려 있어야 한다.

자기가 먼저 열려 있는 것 열려 있어서 자신에게 돌아가는 일이 다른 사람에게 열릴 수 있고 다른 사람에게 나아갈 수 있는 출발점이 될 수 있는 것이다. 즉 자기 개방과 자기 복귀는 타자 개방과 타자 지향의 전제가 된다.

현대사회가 잃는 체험의 상실은 내가 내 자신과 세계에 열려 있음으로써 치유되기 시작할 것이다. 현대사회에 고립된 사람들에게 예술은 바로 자신의 개방과 복귀를 위한 반성을 촉구한다. 이는 주체를 열게 하고 그 열림 속에서 다시 자신으로 돌아가게 한다.

그래서 현대사회는 전문성과 교양 및 다른 폭넓은 소양을 동시에 겸비해야 함을 강조한다. 예술은 인간 본연의 모습과 인간 상호 간의 관계와 자연과 우주와의 소통과 교감으로 주체인 자신의 개방 및 열림과 다시 자신으로의 복귀를 돕는 역할을 할 수 있다.

8. 알 수 없는 무한한 것들

우주는 138억 년 전에 빅뱅으로 태어난 이후 수많은 별이 생겼는데 모든 별을 합쳐 봐야 우주 전체 밀도의 1%도 되지 않는다고 한다. 사실 우주의 실체는 아직 알 수 없는 암흑 물질이 차지하고 있다고 한다. 우주는 아직 끝없이 궁금한 미궁의 세상이다. 첨단 과학 문명 시대를 산다고 하지만 궁색한 지식 정보 앞에서 초라하기 그지없고 무궁한 비밀 앞에 티끌 같은 존재를 확인할 뿐이다.

고전이란 무엇인가? 생각하게 된다. 고전은 오래된 것으로 또는 오래 남을 만한 것으로 전범(典範) 즉 가장 모범이 되는 예술 작품을 일컫는다. 고전은 어느 장르이든 우리의 눈과 귀, 손으로 하여

금 그것을 다시 한 번 보고, 듣고, 만져 보도록 하고 느낌이 들게 한다.

고전에는 인간에 대한 새로운 이해가 담겨 있고 나와 이웃에 대한 새로운 시각이 있으며 현실과 역사, 자연과 우주에 대한 새로운 해석과 창출의 근원이 숨어 있다. 그러므로 고전은 전혀 다른 의미의 세계를 열어 보이는 것이다.

인간은 현재 상태에서 벗어나는 것을 본능적으로 두려워하는 관성의 안락함에 물들어 있다. 그러나 안주하고 물음 없는 삶은 편안할지는 몰라도 변화와 갱신을 보장받지 못한다. 나의 자유는 또 다른 새로움의 도전이고, 모험이고, 창조 행위이다. 뛰어난 예술 작품은 혁신과 창조, 이를 통한 존재의 확장이다.

인간은 감각적으로 또는 사고적으로 움직이지 않는다면 그리하여 변화하지 않는다면 스스로 살아 있다고, 살아 있는 생명이라고 말하기 어렵다. 인간이 움직이며 세계를 부단히 새롭게 느끼고 생각해야 하는 것은 도덕적으로 철학적으로 그것을 요구하기 때문이 아니라 움직이는 것이 사물과 세계 그리고 인간의 본성이기 때문이다.

고전 작품은 바로 이린 움직임, 움직임의 변화와 이런 변화를 위한 반성적 계기를 제공한다. 뛰어난 작품은 주관적인 것과 일반적인 것, 개별적인 것과 보편적인 것의 균형 속에 있다. 이런 균형 가운데 현실에 대한 새로운 해석을 그리고 이 해석을 통하여 또 다른 현실을 암시한다.

마치 카프카는 '변신'에서 겹겹의 소외 속에서 그 소외와는 또 다른 어떤 것-소외 없는 삶의 화해 가능성을 모색하였다. 이것은 기존과는 다른 현실의 가능성을 탐색한다. 바로 이것은 심미적 현상의 특수성이다.

인간은 살아 있는 한 늘 움직이는 가운데 변화해야 한다. 인간 삶의 원리와 자연의 법칙은 예술과 과학이 서로 만나고 서로 다른 세계가 얽힘과 조화를 창출하는 것에 도달한다.

인간의 미지에 대한 두려움에 현실에 안주하려 하는 본능이 있다. 그러나 한편 현실에 만족하지 못하고 미지를 향한 탈출과 모험을 하는 본능도 동시에 있는 존재이다.

세상을 사는 지혜

—김형석 교수의 「백 년의 지혜」를 읽고

지금 우리는 살면 살수록 삶의 지혜가 필요한 세상을 살고 있다. 지난여름은 지독한 찜통더위와 홍수와 태풍 등의 피해로 사망 및 각종 재난으로 세상 곳곳에서 고통을 당하였다. 이상기후 현상의 영향은 우리나라를 동남아 아열대로 바꾸었고 지구의 모든 만물과 인간에게 생태계 파괴, 식량의 부족, 빈부의 격차 증가, 자원의 고갈, 공기와 물의 오염 등은 모두 인간의 생존을 위협하고 있다. 여기에 지금 세상은 곳곳에서 끊임없이 분쟁과 분열 전쟁으로 자유와 평화는 파멸과 공포로 휩싸여 인류의 공멸을 초래하고 있다.

이제 인류는 합심하여 지혜를 발휘하여 현 위험에 예방과 대책을 실행해야 한다. 얼마 전까지 인간은 산업혁명과 국가마다 석유 등 자원의 보유에 근거하여 국가 간 빈부 격차가 나타났지만 고도의 과학문명 시대가 도래한 이후 자국의 인간 두뇌와 정신력이 그 국가를 선진국 선봉에 서게 하고 미래 발전에 가장 큰 원동력이 된다는 점이 더욱 크게 두드러졌다. 특히 근래에 AI 시대가 도래하여 AI 인간까지 등장이 가까워지는 시점에서 인간의 두뇌 경쟁은 상상을 초월하는 무한성을 직감하게 되었다.

김형석 교수의 「백 년의 지혜」를 읽었다. 김형석 교수는 우리나라 1세대 철학자이면서 교육자로 오랫동안 연세대학교 교수 생활과 종교가로 널리 알려진 존경받는 원로이시다. 특히 105세 연세임에도 아직 지팡이를 짚지 않으시고 강단에 꼿꼿이 서서 강의를 하시고 여전히 글을 쓰는 많은 사람에게 추앙받는 어른으로 널리 알려져서 많은 사람들이 놀라워하고 특히 장수의 비결을 궁금해하는 큰 어른으로 일반 대중에게 널리 알려진 분이다.

그동안 많은 학생을 가르치고 전국 곳곳에서 많은 강의를 하셨고 100세가 넘어서도 꾸준히 줄기차게 일을 계속하시고 일기도 열심히 쓰는 놀라운 불굴의 지성인이다. 나는 이러한 큰 어른이 우리나라에 계신다는 것은 우리 국민에게 큰 행복이고 축복이라고 생각한다. 아마 「백 년의 지혜」는 현재 우리나라 독서계에 일반 교양서 중에 관심을 모으는 책이라고 생각한다. 널리 많은 사람이 읽었으리라 짐작한다.

근래에도 건강하셔서 강의를 다니셨고 저서를 남기셨다. 나도 「백 년을 살아 보니」, 「백세 일기」와 「예수」 등 4권의 책을 가지고 있다. 「영원과 사랑의 대화」, 「고독이라는 병」은 얼마나 많은 사람이 밤새워 읽었던가? 그래서 그동안 줄기차게 독서를 많이 하는 지성을 가진 국민이 많은 나라가 선진국이 되고 문화 국가가 되고 경제 강국도 될 수 있음을 강조하였다. 또한 그는 오랫동안 독서와 연구와 집필 생활을 하고 다양한 많은 저서를 남겼고 오랜 세월을 걸쳐 수많은 애독자가 많은 것으로도 유명하다.

「백 년의 지혜」 이 책은 105세 철학자가 전하는 한 세기의 인생론이다. 이 책은 올해 5월에 출간된 책으로 후세에게 마지막 남기고 싶은 삶의 깨달음이다. 그는 전 생애를 통하여 모든 사람은 누구나 수많은 은혜를 받으며 살기 때문에 항상 감사하며 살기를 강조한다.

그러므로 언제나 겸허하게 살면서 진실하고 정의롭게 살고 남을 돕고 이웃에 더욱 많은 사람이 행복하게 다 함께 잘 살 수 있도록 사랑의 실천을 강조하였다. 또한 더욱 점차 개인 이기주의로 치달리는 세상에서 국가와 국민을 사랑하는 하느님 사랑의 실행을 몸소 모범을 보였다.

1. 무엇이 의미 있는 인생인가?

철학자인 그는 전 생애를 통하여 '나는 누구인가? 나는 왜 태어났는가?' 이 질문을 자신에게 던지며 살았다. 그는 1920년 평안남도 대동에서 태어났다. 어린 시절 무척 가난하고 병약하게 살았다.

그는 오랜 세월 운동을 하여 건강을 유지하기보다 열심히 일을 하여 건강을 유지하였고 특히 강인한 정신력으로 온갖 병과 가난과 고통을 이겨 내고 결국 건강한 신체를 유지하였다. 그리하여 강인한 정신력이 몸에 밴 그는 육체가 아무리 노쇠하여도 정신이 늙지 않으면 결국 몸도 늙지 않고 성실하고 행복한 삶을 살 수 있다는 신념의 소유자이다.

"아름다운 인생을 살아라."
"외모보다 더 중요한 것을 찾아라."

지금은 100세를 사는 세상을 맞이하였다. 이제는 인생은 70부터라고 한다. 이 말은 곧 70세를 청춘으로 살라는 의미이다. 참 희망을 던지는 말이다. 그래서 모두 '아름다운 황혼'을 꿈꾼다. 그러나 이것은 저절로 나에게 굴러오는 것이 아니다.

무엇보다 아름다운 감성을 자신이 지녀야 한다. 즉 정서적 건강을 꾸준히 잘 유지해야 한다. 아름다운 황혼을 지니려면 자신의 외모에 계속 신경을 써야 한다. 지나친 몸단장에 신경 쓰라는 것이 아니라 어딘가 항상 자연스럽게 품격이 풍기는 품격 있는 외모를 갖추라는 뜻이다.

즉 외모의 미화는 늙을수록 필요조건이다. 그러나 나 자신의 가꿈과 미화는 여전히 외모도 중요하지만, 자신의 내면을 가꾸는 일이 중요하다. 계속 독서와 취미, 건강 생활을 유지하여 자기 내면의 미가 외면의 미로 잘 스며서 나타나도록 노력해야 한다. 늙을수록 교양과 품격 있는 인격을 풍기는 인생을 살아야 한다. 또한 늙을수록 겸허한 자세와 침묵의 미덕이 풍겨야 한다. 이를 위해서는 얼굴과 자세의 미화를 갖추어야 하고 생각과 감정의 미화를 갖추어야 한다.

항상 무엇이 의미 있는 인생인가를 생각하며 살라는 것이다. 이것은 자신의 전 생애에 따라붙는 삶의 화두이다. 이 끈을 놓지 말아야 한다. 어느 순간, 이 끈을 놓아 버리면 자신의 생명줄을 끊어 버린 것과 같은 것이다. 항상 자신을 돌아보고 반성하고 스스로 깨달음을 얻도록 노력하고 나와 남을 사랑하는 힘을 길러야 한다.

"인생은 곧 사랑과 믿음의 힘으로 살아가야 한다."

특히 그는 어릴 때부터 기독교 신앙이 깊었고 전 생애를 통하여 믿음의 생활을 하여 정신력의 밑바탕이 되었다. 우리는 살면서 행복과 성공의 열매를 안겨 준 일에 대한 올바른 태도를 가져야 한다. 우리는 직장 생활이나 어떤 일을 할 때 자신도 모르게 수입에 무게와 비중을 크게 두게 된다. 이것은 자신이 몸담은 가정과 사회의 영향을 받는 심리적 현상이다. 그러나 많은 보수나 수입보다는 나에게 그 일이 맞는가? 나는 그 일 때문에 즐겁고 행복한가? 라는 일의 가치를 우선 먼저 생각해야 한다. 내가 하는 일이나 직업은 궁극적으로 내 삶을 위한 가치와 보람을 위한 것이다.

내가 지금 하고 있는 일이나 직업이 내가 즐겁고 남도 즐겁고 행복하고 보람이 있다면 보수나 수입은 크게 문제가 되지 않는다. 우리는 주변에서 수입은 보잘것없더라도 자신이 좋아서 몰두하고 개발하고 개척해서 무에서 유를 창조하여 성취하는 기쁨으로 삶의 성공을 목격할 때 함께 희열을 맛본다.

생활미와 예술미를 겸비한 인생을 살자. 죽는 순간까지 성숙한 교양과 지성을 갖추어야 하는데 쉬운 일이 아니다. 항상 성실하고 최선을 다하는 것이 중요하지만 우리는 살아가면서 그때그때 주어진 일에 정직하고 진실하게 최선을 다하는 것이 중요하다. 그러면 더 소중한 것을 하게 되는 기회가 주어진다.

나이가 들어 황혼기에 접어들수록 석양의 곱고 신비한 노을에

마음이 끌린다. 인생의 끝을 잘 마무리해야 한다는 간절함 때문
이다. 이제는 100세의 장수 시대를 맞이하여 황혼기가 길어졌다.
남에게 걱정이나 피해를 주는 노년이 되지 말고 끝까지 작은 한
가지라도 남에게 보탬이나 도움을 주고 건강미와 생활미를 겸비
하여 황혼미를 풍기는 인생을 살아야 한다.

최근 신문 보도에 앞으로는 120세까지도 살 수 있는 세상이 된
다고 한다. 과연 축복인가? 불행인가? 가장 근본 문제는 인생 마
지막까지 정신이 신체의 노예가 되어서는 안 된다는 점이다. 만일
행복과 보람과 삶의 가치를 유지하며 살 수 있다면 120세까지 살
아도 괜찮다고 하겠다. 그런데 그것은 쉬운 일이 아니다.

여기서 다시 한 번 되새겨 강조한다. 삶의 전 생애를 통하여 무
엇이 의미 있는 인생인가? 이 화두를 항상 진지하게 간파하면서
그때그때 삶을 정의롭고 정직하고 성실하게 최선을 다하는 삶을
살라는 것이다.

2. 밝은 세상을 만드는 인문학적 사유와 휴머니즘을 발휘해야 한다.

인생에서 가장 왕성한 성장기를 사는 젊은이들은 자신이 세상
에서 주인공이 되고 미래에 언젠가 남을 지도할 지도자가 될 꿈
을 가져야 한다. 그렇다면 청소년 시절부터 큰 그릇이 될 지도자

의 기본 조건을 배우고 습득해야 한다.

이를 위해서는 개인적 올바른 인생관과 가치관을 터득해야 하고 사회적 윤리관과 가치관을 정립해야 하고 세계관과 자연 우주관까지 탁월한 정립을 해야 한다. 그러나 현 우리나라 교육이 청소년과 대학생들에게 여기에 발맞추는 교육을 하고 있는지 심히 의심스럽다. 현재 생활과 미래를 위한 지혜가 되는 교육을 미처 하지 못한 채 지식 교육에 치중하는 것은 심히 안타깝다.

우리는 지금 인문학적 올바른 사유와 휴머니즘 소양이 지극히 부족한 사회 속에서 살고 있음을 꿰뚫어 보아야 한다. 여기에서 인문학적 사유와 휴머니즘 소양의 결핍은 정신적 문화적 쇠퇴를 가져오고 선진국 대열에서 낙오가 됨을 의미한다. 그러므로 선진 문화 국민이 되어야 함을 강조한다.

세계사적으로 볼 때 영국, 프랑스, 독일, 러시아를 선진 문화 국가로 지목하였다. 이것은 대다수 국민이 100년 이상 독서한 문화 국민을 근거로 삼은 것이다. 그런데 러시아가 공산국가가 되면서 사상과 문화의 통제로 낙오가 되고 역사가 짧은 미국이 급성장하면서 선진국 대열에 우뚝 서게 되었다. 그리고 아시아에서는 일본이 선진 문화국 반열에 우뚝 서게 되었다. 선진 문화국의 특성은 국민의 절대다수가 100년 이상 독서한 나라를 지칭한다. 이제 우리나라의 현주소를 정확히 진단하고 선진 문화국이 되도록 노력해야 한다.

이제 우리나라 미래의 생명력과 희망은 어디에서 찾아야 할까? 흔히 우리나라는 반만년의 긴 역사 민족으로 그동안 축적된 삶의 지혜와 문화유산에서 우리 미래의 비전을 찾을 수 있다고 본다. 그러나 이것만으로는 부족하다. 이웃 중국을 살펴보더라도 짐작되는 바가 있다. 지금 중국은 오랜 역사 축적 국가로 인구 대국, 경제 대국, 군사 강국이지만 문화 후진국이다.

이제 우리나라는 그 어느 나라보다 뛰어난 한글 문화를 세계 곳곳에 꽃피워야 한다. 이것은 무엇보다 인문학적 소양을 함양하고 많은 국민이 독서를 열심히 하여 삶의 지혜를 쌓고 자유, 평화, 행복, 가치, 정의 등 휴머니즘이 살아 숨을 쉬는 나라가 되어야 한다.

김형석 교수는 어린 시절 일찍부터 전 생애를 통하여 기독교 신앙심이 두터운 삶을 살았다. 그러므로 인류를 구원할 참된 신앙의 본질을 사색하고 연구하고 고뇌하였다. 그리하여 하느님 사랑의 실천이 곧 인류를 구원함을 믿고 실행하였다. 이것은 곧 인간의 고귀한 사명이라고 믿고 실행하였다.

또한 그는 철학을 공부하고 연구하였다. 결국 그는 철학적 사유와 가치관은 휴머니즘 즉 인간애(人間愛)의 정신이라고 강조하였다. 이것은 선(善)으로 향하는 자유의 창조력이고 인간성 회복과 사랑의 구현이라고 하였다.

3. 선한 개인들이 자유롭고 행복해지기 위하여

폭력은 언제 어디서나 죄악이고 전쟁의 주동자는 세상에서 사라져야 한다. 자유민주주의는 휴머니즘의 목표와 방법을 구현하기 위한 지상 최대의 유토피아이다. 아직 이 지구상에는 이보다 더 이상의 최선의 최상의 구체적 방법이 없다. 이 자유민주주의는 인간의 정직과 진실 인간의 기본 가치와 인간이 이루고픈 최고의 실현 전략이다.

이 지구상은 서로 자국의 이해관계를 앞세워 치열한 전쟁터를 만들어서 서로 공멸하는 파국의 끔찍한 만행이 자행되고 있다. 현재는 위력이 상상을 초월하는 핵무기를 사용하여 하룻밤 사이에 수천 명이 떼죽임을 당하고 도시는 순식간에 폐허로 변하여 암흑천지가 된다. 이러면 이럴수록 자유민주주의 실현은 더욱 절실하다.

지금 지구상에서 가장 위험하고 불안한 나라는 우리 한국이다. 1945년 2차 세계대전 이후 나라가 민주주의와 공산주의 국가로 두 동강으로 갈라져서 지금까지 79년이란 긴 세월 서로 원수로 고도의 적개심으로 언제 엄청난 전쟁이 터질지 모르는 불안 속에 긴장하며 살고 있다.

현재 우리 한국과 북한은 엄청난 격차 속에 살고 있다. 우리 한국은 자유, 평화, 인권을 누리며 경제 강국, 선진 문화 대국, 앞으로 우주 강국까지 꿈꾸며 희망찬 나라로 살아가고 있다. 반면 북한은 사상과 경제의 폐쇄 국가로 전락하여 국민이 모두 자유와 인권을 유린당하고 굶주림과 빈곤에 허덕이는 참담한 파국으로 치달리고 있다. 우리는 하루속히 자유민주주의 국가로 통일이 되어 세계에서 가장 자유와 평화와 인권을 누리는 국가가 되도록 노력해야 한다.

공리주의는 '최대 다수의 최대 행복'을 부르짖는다. 이것은 공산주의 사상 이념으로 누구나 공평하게 잘 사는 사회 구현하는 이념으로 기나긴 역사가 흘렀다. 그러나 이것은 허상에 불과할 뿐 제대로 실현되지 않은 허울뿐인 쓰레기 슬로건으로 내팽개쳤다.

그러나 자유민주주의에 자본주의로 치달리는 현재 상황은 빈부 격차라는 문제를 낳았다. 이것은 국민 누구나 대다수가 경제적 안전을 누리고 교육과 복지 등을 함께 혜택을 누리도록 수단과 방법을 실현해야 한다. 또한 우리나라는 지금 진보와 보수 등의 대립과 갈등으로 서로서로 치열한 갈등을 조성하고 있다. 심히 우려되는 바가 크다. 상대를 이해하고 타협점을 찾도록 서로 노력이 필요하다.

특히 정치권이 가장 심각하다. 오죽하면 국민의 대변자 국회의원이 국가와 국민은 뒷전으로 팽개치고 자기들 정쟁에만 혈안이 된 채 연일 여야로 갈라져서 인격 모독과 막말로 서로 물어뜯는 기막힌 진풍경을 연출하는 난장판을 국민에게 보이고 있다.

참으로 개탄스럽고 한심한 추태이다. 모름지기 교육자는 교육을 통해, 종교가는 종교를 통해, 학자는 학식을 통해, 정치가는 정치를 통해, 예술가는 예술을 통해, 과학자는 과학을 통해, 기업가는 기업을 통해, 공무원은 공무를 통해 사회와 국민과 국가를 위해 기여하고 봉사해야 한다. 이 시점에서 과연 우리나라는 앞으로 희망이 있는가?

남북 분단의 뼈 아픈 현실과 극심한 개인 이기주의가 팽배하고 정치 · 경제 · 사회 · 문화 · 종교 등에 심각한 문제를 안고 있음에도 정말 희망과 비전이 있는가? 나는 우리는 우리 미래가 그 어느 나라보다 희망과 비전이 있다고 확신한다. 현실이 매우 어렵고 난제가 있지만 무엇보다 우리나라는 그 어느 나라에 뒤지지 않는 우수하고 뛰어난 국민의 두뇌와 정신력이 있는 나라이다.

처음에 언급하였지만 앞으로 미래는 국가 간 자국민의 우수한 두뇌가 최대한 발휘되는 첨단 과학의 능력 발휘와 우수하고 탁월한 추진력으로 남보다 앞서서 미래를 내다보는 예지력 등이 그 나라의 가장 강력한 자원이고 자본이 될 것이다. 우리나라는 다른 나라를 돕고 지원하는 경제 강국이다. 또한 정신과 육체가 건강한 스포츠 강국이다. 이것은 지난여름 파리 올림픽에서 명실공히 우리나라는 스포츠 강국임을 또 한 번 입증하였다. 그리고 우리는 우주 개발에 선진국으로 발돋움하고 있다.

또한 예술 분야에서도 뛰어난 두각을 보이는 문화 국민이다. 특히 세계에서 가장 빼어난 한글을 소유하고 사용하는 나라이다. 우수한 한글 문화를 세계 곳곳에 꽃피우고 국민 대다수가 독서를 많이 하는 일등 문화 국민이 되면 세계에서 가장 자유와 평화와 인권을 누리는 국민이 될 것이다.

표류하는 배에 나를 싣고
—「철학의 오솔길」(강경계)을 읽고

올가을은 우리 국민이 난데없는 감동의 환희에 휩싸인 순간이 있었다. 바로 지난 10월 10일 소설가 '한강'이 한국 첫 '노벨문학상'을 수상하여 우리 국민은 열광의 환호성이 들끓었다. 이 열광의 물결은 프랑스, 영국, 미국 등 세계 곳곳에서도 관심이 집중되어 '한강'의 문학작품이 순식간에 팔리는 진풍경이 일어났다.

우리나라는 전국 서점에, 삽시간에 책이 팔려서 구매 행렬을 이루며 책을 빨리 손에 쥐고 싶은 안타까운 심경의 진풍경을 이루었다. 언제 우리나라에서 이런 독서 열풍이 있었던가? 하루 새에 30만 부가 넘게 팔리다니 참으로 의아스러운 흥미진진한 놀라운

세계적인 역사적 순간이었다.

그런데 이것뿐만 아니었다. '한강'의 '노벨 문학상' 수상 소식 후 바로 6시간 뒤 '김주혜' 작가의 '작은 땅의 야수들' 소설이 '올가 토카르추쿠' 등 노벨 문학상 수상 작가를 물리치고 '러시아 최고 권위의 문학상인 '톨스토이 문학상'을 수상한 겹경사 뉴스가 전 세계에 퍼졌다.

나는 우리나라와 우리 국민이 참으로 위대한 나라요 위대한 국민임을 그 순간 짜릿하게 실감하였다. 앞으로 우리 국민은 과학, 의학, 농업, 무역, 경제 등 다방면에 두각을 나타내어 전 세계인을 놀라게 하고 더욱 많은 노벨상 수상자가 나오리라 확신한다. 그리고 한 걸음 더 나아가 인류의 자유, 평화, 행복을 위해서 크게 공헌하는 국민이 되리라 믿는다.

우리는 지금 살아가는 이 세상을 명쾌히 확실하게 직시하는 시각과 식견을 가져야 한다. 그러나 여기에서 한 걸음 더 앞서서 바로 내일을 내다보고 먼 미래까지 바라보는 명석한 지혜를 가져야 한다. 그러려면 이 세상에서 우수한 두뇌에 뛰어난 지혜를 갖춘 국민이 되어야 한다. 일찍부터 우리는 오랜 역사를 살면서 부지런히 땀 흘리는 근면 성실한 국민이었다. 그리고 어려운 고통을 참아서 이겨 내는 꿋꿋한 인내심도 겸비한 백성이었다. 이것은 인간의 삶에 가장 주춧돌이 되는 밑바탕이고 정의와 진실을 구현하기 위해 부단히 노력하는 협동과 단결도 겸비한 백성이었다.

그러나 이것은 인간의 삶에 가장 바탕일 뿐 이 터전 위에서 되고 위대한 선진 국가로 도약 발전해 나가야 한다. 그러려면 지금 이 지구상에 인류가 살아가는 현상과 우리나라와 우리 국민의 삶의 실태를 명확히 진단하고 선진 문화 국가가 되어 자유, 평화, 복지를 누리는 선진 국민이 되도록 노력해야 한다.

바로 이것을 위해 다양한 여러 분야의 나아갈 방향과 목표를 세워서 노력해야 한다. 21세기 지금의 세상은 우수하고 명석한 두뇌와 예리한 지혜의 창조력이 위대한 발견과 발명의 힘으로 새로운 세상이 펼쳐지는 시대이다.

이미 AI 시대가 도래하여 세상을 깜짝 놀랄 정도로 변화를 일으키는 시간을 우리는 살고 있다. 인간의 지능과 인간 능력을 뛰어넘는 AI 지능의 세상에서 사는 것이 오히려 인간이 자칫 AI 지능과 능력에 지배당하는 모습을 상상하기에 이르렀다.

이를 위해 국가는 질 높은 선진 교육을 하여 더욱 앞서는 선진 문화 국가가 되도록 국력과 국격을 키워야 하고 국민은 유아에서 노인에 이르기까지 더욱더 공부하고, 연구하고, 탐구하고, 발명,

발견에 뛰어난 두뇌와 지혜를 발휘하는 시민이 되어 건강, 자유, 평화, 복지, 행복을 누리고, 가치 있고, 보람 있는 삶을 살 수 있어야 한다.

바로 이 점을 위해서 가장 기본적으로 다양한 독서를 많이 하는 국민이 되어야 함을 강조한다. 독서는 지금까지 인류가 쌓은 문명과 문화의 보고를 습득하는 지름길이다. 이를 통하여 새로운 세상을 여는 선진 문화 국력을 키우는 선진 문화 국민으로 성장하는 것이다.

'강영계' 교수가 쓴 「철학의 오솔길」을 소개한다. 누구나 자신의 교양을 위해 한 번 읽기를 권하고 싶다. 현대를 살아가는 우리는 철학 입문서인 이 책을 조용히 한번 읽었으면 싶다. 현재 우리가 사는 세상은 급속히 다양하게 변화하여 내일을 예측하기 힘든 불확실성 시간의 흐름 속에 살고 있다.

그리고 편리하고 편한 고도의 문명사회 속에서 살지만, 치열한 경쟁에 허덕이는 개인주의에서 산다. 또한 극도의 자본주의 속에서 물질 만능에 휩싸여 당장 지금의 쾌락과 만족에 파묻혀 삶의 방향 감각을 잃었다.

첨단의 과학 문명사회에서 전문화, 다양화, 세분화, 융합화의 큰 물결의 흐름 속에서 저마다 개인은 나아갈 방향을 잃은 신세가 되었다. 흡사 망망대해에서 갈팡질팡하는 배를 타고 돛대와 삿대도 없이 표류하는 위태로운 한 어부의 몰골이다.

바로 이러한 현실 상황을 직시하고 우리는 누구나 국가, 사회, 가정의 구성원으로 삶의 지표가 있어야 한다. 가정은 가정 나름으로 직장이나 학교에서 각 개인은 저마다 자신이 살아가는 지표가 있어야 한다.

즉 철학이 있는 국가, 사회, 가정, 직장이 되고 각 개인은 저마다 자신이 이 세상을 살아가는 방향과 목표가 있어야 한다. 자칫 삶의 허영과 허구 속에서 계속 허덕이지 말고 삶의 진실을 찾아서 하루하루 살아야 한다는 의미이다.

현대사회를 철학의 불모지라고 지적한다. 남과 더불어 행복하게 잘 사는 이타주의를 부르짖지만, 여전히 개인 이기주의가 팽배한 혹독한 경쟁 사회의 굴레 속에서 허덕이고 갈팡질팡하고 있다.

현대의 인간은 뿌리가 없어서 오늘만 있고 내일이 없는 위태롭고 나약한 나무와 같은 존재라는 혹평을 받기도 한다. 그러므로 인간은 무엇보다 누구나 자기 자신을 음미하고 탐구하며 살아가야 한다. 철학은 근본적으로 자기 자신을 똑바로 알기 위한 길잡이다.

일찍부터 철학은 인생의 오묘한 이치를 깨닫게 해 주고 참다운 삶을 깨닫게 하는 학문이라고 하였다. 고대 그리스 철학자 '헤라클레이토스'는 "나, 자신을 탐구하라."고 설파하였다.

이것은 결국 살아가면서 자기비판과 자기반성을 통하여 자신을 성찰하면서 살아가야 함을 사색하라는 것이다. 이것은 결국 이 세상의 의미와 가치 탐구를 하게 된다. 현대인은 쉬지 않고 지루한 일상의 쳇바퀴 도는 생활에 안주하지 말고 자신과 세상을 향하여 계속 의문을 던지고 답을 찾아야 한다.

그리하여 조금이라도 성숙한 삶과 오묘한 이 세상을 맛보려면 철학적 존재가 되어야 한다. 날마다 사회 곳곳에 부정부패가 만연하고 빈부 격차가 극심한 일상에 휩쓸려 물들지 말고 자신과 이 세상에 대한 성찰을 하는 철학적 존재로 살면 자기 창조의 주체적 삶을 살 수 있다.

1. 삶의 방향을 찾으려면 철학이 필요하다.

1) 철학은 인생관이나 세계관으로서의 철학을 일컫는다.

소크라테스는 "철학을 무지에 대한 의문으로부터 '지혜에 대한 사랑'이다.”라고 하였다. 영어로 철학(philosophy)은 사랑하다 (phileim)와 지혜(sophia)와의 합성어이다. 특히 플라톤은 “무지로부터 지혜로 도달하려는 과정을 철학이라고 한 점에서 ‘철학’이라는 명사보다는 ‘철학하다’라는 동사로 이해하는 것이 좋다.”라고 하였다.

2) 독일 관념론 철학자 ‘헤겔’은 “철학은 결코 지식에 대한 사랑이 아니고 지혜에 대한 사랑이다.”라고 하였다.

우리는 일상생활에서 해결해야 할 문제에 직면할 때 지식보다는 지혜가 필요하다. 지혜는 지식의 습득과 경험으로 얻는다. 지혜란 사물이나 사태에 대한 통찰로서 보편적이고 근원적인 ‘앎’을 의미한다. 지식이 있는 젊은이들은 직장에서 스마트폰과 컴퓨터로 신속히 일을 처리하기에 급급하다. 그러나 이때 지혜를 가졌다면 자신의 지식을 활용하여 자신의 업무에 진일보하는 성과를 얻을 수 있다.

철학은 사물과 사태에 대해 예리한 통찰을 하여 당면한 과제를 근본적이고 혁신적으로 해결하고 또 한 걸음 물러서서 냉철히 꿰뚫어 보는 여유를 가져야 한다고 하였다. 모든 것은 신속 정확한 해결이 능사가 아니다.

그 해결 방법과 관련한 돌발 사태도 해결할 지혜를 가져야 한다. 그래서 아리스토텔레스는 신속 정확한 속도의 철학보다는 여유와 느림의 철학을 강조하였다. 여기에서 철학은 여유와 느림의 분석적 종합적 및 비판적 학문임을 알아야 한다.

3) 철학은 인간과 자연, 사회에 대한 기초적 이해를 바탕으로 하는 모든 개별 학문의 기초학이다.

첫째, 철학은 삶과 세계의 보편적 필연적 근거 또는 원리를 탐구한다.

둘째, 철학은 특정한 방법(예컨대 해석학이나 현상학)을 사용하여 대상을 탐구한다.

셋째, 철학은 개별 학문의 성립 근거를 밝힌다.

넷째, 철학은 개별 학문의 성과를 분석하고 종합하고 비판함으로써 미래 지향적인 발전 방향을 개별 학문에 제시한다.

4) 플라톤은 순수한 지식을 추구하였다.

철학은 왜 순수한 지식을 추구하는가? 철학은 혼란스럽고 거짓된 앎에서 벗어나 행복하게 살기 위한 학문이기 때문이다. '베이컨'은 인간이 참되게 살기 위해서는 일상적인 편견에서 해방되어야 한다고 역설하였다. 그래서 그는 네 가지 편견의 우상(idola)을 제시하였다.

첫째, 종족의 우상-인간은 인간의 관점에만 사로잡혀서 모든 것을 고찰하고 평가하고 선택하는 편견에 사로잡혀 있다.

둘째, 동굴의 우상-일상생활에서 인간은 개인의 주관적 입장에서 평가하는 편견을 가지고 있다.

셋째, 시장의 우상-언어를 똑바로 사용하지 못하는 것에서 생기는 편견이다.

넷째, 극장의 우상-전해 내려오는 견해에 사로잡혀 벗어나지 못하는 편견이다.

인간은 참답게 알고 배움으로서 순수한 지식을 충족시키고 한층 더 나아가 더욱 성숙한 인생을 살 수 있다.

2. 철학은 앎의 본질을 밝힌다.

1) 인간은 똑바로 알아야 똑바로 살 수 있는 존재이다.

앎에 관한 이론을 심리학에서는 '인지이론(cognitive theory)'이라고 하고 철학에서는 '인식론(epistemology)'이라고 한다. 보통 일반적으로 철학의 기본 분과는 인식론, 윤리학, 형이상학, 미학, 논리학, 철학사 등이다. 인간의 궁극적인 목표는 행복이다. 이를 위해 인식론이 매우 중요한데 이유는 인간의 삶은 세상 만물의 원리나 근거를 확실히 해명하지 않으면 삶 자체가 무의미하기 때문이다.

인간 삶은 행복과 가치와 맞물려서 결국 철학의 시작이자 끝은 윤리학으로 귀결되는데 인식론이 철학의 핵심인 것은 삶이나 이 세상의 모든 이치와 사태를 먼저 옳게 알아야만 윤리학이나 형이상학이 제구실을 발휘한다는 것이다.

지금 현대의 발전과 완전성, 절대성은 어디로 향하여 가고 있는가? 이것 때문에 경험론, 합리론, 회의론, 과학적 방법론, 분석철학, 직관주의 등의 인식론이 들끓고 있다.

현재 우리는 과학적 문명사회를 달리고 있다. 과학적 방법은 관찰, 실험, 검증, 반증의 증명으로 과학이 발전하여 세상이 변하고 있다. 그래서 과학의 발달로 시간, 공간, 물질, 자연법칙, 지식^(앎) 등이 현대 과학, 철학에서 종래의 전통, 전통적인 개념과는 다른 의미와 가치를 지니게 되었다. 여기에서 지금까지 철학에서 다루어진 주요한 개념 중에 일부는 과학의 발달과 함께 의미가 변하고 있다.

철학에서 앎의 이론^(인식론)은 윤리학, 형이상학, 미학, 논리학, 철학사 등과 순환 구조 관계를 이루고 있다. 즉 세상의 변화를 고려할 때 인간이나 사회가 경험론의 입장만 가질 수 없다. 전통적인 경험론은 합리적 윤리론과 존재론의 주장이 나온다. 최근에는 다양한 학문이 발달하여 다원적인 세계관을 제시하고 있다. 그러므로 종전의 전통적 인식론에서 벗어나서 다원적인 차원의 인식론을 가지고 열린 삶과 세상을 향한 미래를 제시할 필요가 있다.

2) 참다운 앎을 위한 철학

영국 경험론의 철학자 '베이컨'은 "아는 것이 힘이다."라고 주장하고 공리주의와 실용주의 시조이기도 하다. '아리스토텔레스'는 '형이상학' 첫머리에서 모든 인간은 본성상 지식을 추구하는데 이는 순수한 지적 요구가 있다는 것이다. 그러나 지식은 대부분 인간의 삶 어딘가에 유용하게 써먹기 위한 것이다.

여기에서 언급하는 것은 인간에게는 순수한 지식의 욕구가 있고 이러한 욕구가 충족될 때 실용성과 유용성에 관계없이 순수하게 흐뭇하고 기쁘지 않을 수 없다는 것이다. 그래서 '셸링'은 '플라톤'과 '데카르트' 생각을 합쳐서 철학의 처음을 '의심과 경탄'이라고 하였다.

근대 영국의 경험론과 대륙의 합리론을 종합한 '칸트'는 '구성주의적 인식론'의 진리관을 주장하였다. 그는 직관과 사유의 필연성을 근거로 하여 타당하며 모순 없는 내적 체계에 속하게끔 구성된 앎만이 진리라고 주장하였다. 그리고 그는 한편으로는 영국 경험론의 영향을 받아 외부 사물(대상)의 상(표상)은 감성 형식(감각의 직관 형식)에 의해 형성된다고 보았다. 최근에 진리 이론은 크게 네 가지로 분류한다.

첫째, 진리 대응설

둘째, 진리 정합설

셋째, 실용주의 진리설

넷째, 진리 수행설

여기에서 지면의 제한상 구체적 언급을 하지 않겠다. 현대의 관점에서 볼 때 앎의 이론은 '칸트'의 인식론보다 훨씬 더 복잡한 과제를 안고 있다.

① 지각, 표상, 관념, 개념 등 인식 과정과 결과에 어떤 문제들이 있는지 알지 않으면 안 된다. 따라서 여러 종류의 인식론적 경향에 대한 검토 작업이 선행되지 않으면 안 된다.

② 인식론은 인식 능력, 인식 과정, 인식 결과를 알기 위해 인식론에 필요한 개별 과학을 동원해야 한다.

③ 앎의 문제를 연구할 때 사물의 존재, 가치, 아름다움 등이 당연히 뒤따르기 때문에 윤리학, 형이상학, 미학 등 철학의 기본 분야들과 긴밀한 연관 속에서 탐구되어야 한다.

④ 앎은 개방적이며 포괄적인 것을 인식해야 한다. 그러나 중요한 것은 타당한 인식 능력에 의해서 모든 오류를 제거하고 참된 지식을 얻어야 한다.

또한 제아무리 사태에 대한 정확한 지식을 얻었다 해도 그 진리는 상황의 변화에 따라 단지 가설에 지나지 않는 것으로 판명될

수 있다는 사실을 알아야 한다. 문화 철학의 관점에서 볼 때 인간은 문화의 창조자이자 동시에 문화의 피조물이다. 인간은 지식을 창조하면서 동시에 지식에 의해 창조된다. 그러므로 주체적인 인간성을 구성하기 위해 개방적이면서 미래지향적인 타당한 삶을 추구해야 한다.

3. 철학은 존재 이유를 묻는다.

1) 철학의 궁극적인 질문

인간은 태어나면서부터 생로병사, 희로애락을 겪는다. 그리고 불의에 돌발적 어려움 등 우여곡절을 당한다. 이 가운데에서 왜? 이런 일을 당해야 하는지? 어떻게 해결해야 하는지? 난관에 부딪힐 때 불현듯 자기 자신을 돌아보게 되는 순간을 만날 수 있다.

그때 자기 자신을 통찰하고픈 생각이 번쩍 떠오를 수 있다. 도대체 내가 무슨 존재이기에 이런 일이 생길까? 또는 나는 오늘 하루를 어떻게 보내야 잘 보내는 것인가? 바로 이것이 '철학하기'이다. 인간은 누구나 자신의 내면이 있다. 이것은 누구나 '자신을 돌아본다.'는 지적 사고가 있다는 것이다. 이는 비판적 정신과 창조적 의식 및 행동의 씨앗을 가지고 있는 것이다. 다만 인간마다 그 씨앗이 강도가 다를 뿐이다.

근대 독일의 합리론 철학자 '라이프니츠'는 "왜 세상은 없지 않고 있는가?"를 질문하고 고심하였다. 참으로 황당한 질문 같지만 결국 이 물음은 "왜 내가 없지 않고 있는가?"와 직결된다. 또한 이것은 근원적인 철학적 물음이다. 바로 여기에는 철학의 근원적 출발은 "왜?"라는 질문인데 "왜?"에 도달하기 위해서는 "무엇과 어떻게?" 의 질문을 거쳐야만 한다.

'플라톤'은 "현실 세계는 참답지 못하고 단지 그림자에 불과하다."라고 주장하면서 "불변하는 이데아의 세계가 있다."라고 역설하였다. '데카르트'는 "세계의 근거나 원천을 실체"라고 하였고 "정신과 물질 두 가지를 세계의 실체"라고 하였다.

4. 자신만의 인생관, 세계관을 정립하기 위하여

1) 자신만의 철학을 정립하는 것은 먼저 "너! 자신을 알라."는 소크라테스의 말을 상기하여 함께 깊이 사고할 필요가 있다. 그리고 나, 자신의 세계관 정립은 곧 자신의 인생관과 밀접하다. 이를 위해서는 지금까지 철학적 인식론을 살펴보는 것이 기본이다.

① '플라톤'은 현상계는 마치 그림자에 불과하고 '영원불변한 이데아의 세계'가 실체라고 하였다. 즉 이것은 현상계의 사과를 정말 사과이게끔 하는 영원불변의 정신적 사과가 있어야 한다는 이원론의 주장이다.

② '아리스토텔레스'는 플라톤의 제자로서 스승의 '이원론'에 반

박하여 '일원론'을 역설하였다. 그는 현실에서 눈에 보이는 사물은 참답게 보이는 실체이지만 보이지 않는 영원불변의 이데아 사물은 상상일 뿐이라는 주장으로 '일원론'을 내세웠다.

바로 이것이 철학적 비판의 핵심이다. 우리는 이런 식견을 가져야 한다. 그리고 치열한 논쟁이 필요하다. 또한 세계에 존재하는 사물이 어떻게 존재하며 그것의 근거나 원리가 무엇인가를 연구하는 분야가 형이상학이다.

형이상학적 입장에서 여러 가지 인식론이 있는데 관념론, 유물론, 실재론, 실존주의 등이 있다. 결국 이 세상의 근원이나 원리를 물질로 보는 입장은 유물론이고 정신이라고 보는 견해는 관념론이다. 그리고 관념론을 합리론으로 보고 유물론을 경험론으로 동일시하는 데 근본적으로 볼 때 꼭 일치한다고는 할 수 없다. 여기에서도 결국 세계 구성의 근원이나 원리가 정신이라고 하면 관념론이고 반대로 물질이라고 하면 유물론이다.

현대 독일 철학자 '하르트만'은 존재론과 인식론을 구별하지 않고 존재론적 인식론 혹은 인식론적 존재론을 주장하고 자신의 형이상학을 존재론적(우주론-적) 실재론이라고 주장하였다. 그는 무기적 존재, 유기적 존재, 영혼 존재, 정신 존재 등 네 가지 핵심층이 있다고 하면서 이를 '존재론적 실재론'이라고 하였다.

　‘프로이트’는 실재하는 인간의 정신 과정의 근거를 충동이라는 에너지로 보았다. ‘셸러’는 인간은 인간 이하의 것으로부터 비약에 의해 인간의 본질인 정신에 도달할 수 있다고 하였다. 그는 가톨릭의 영향을 받아서 정신적 인간이야말로 자신을 반성하고 성찰할 수 있는 실재로서의 존재라고 주장하였다. ‘무어’, ‘러셀’, ‘화이트헤드’는 현상세계를 현상세계이게끔 하는 물리적 대상으로서의 세계가 불변한다는 신실재론을 주장하였다.

　이상의 여러 인식론에서 우리는 자신만의 철학을 찾아야 한다. 남의 철학을 답습할 필요는 없다.

“나는 무엇인가?”
“나는 무엇을 해야 하는가?”
“나는 그 일을 어떻게 해야 하는가?”

　위의 질문을 심도 있게 자신에게 던지고 명석하고 명료하게 답을 찾아서 자신의 인생관과 세계관을 세워 살아야 한다.

겨울잠에서 깨어난 개구리 울음처럼
—「깨어남의 시간들」(이강옥)을 읽고

오월의 파란 하늘을 한없이 보았다. 들과 산 어디에나 온갖 꽃이 만발하고 푸른 초록으로 달리는 대지 위에 파란 하늘은 새로운 희망을 품게 하고 활짝 가슴을 열게 한다. 만물이 생동감 넘치게 하는 오월의 하늘은 아침마다 새 마음을 북돋운다. 나는 새삼스럽게 새 기운 용솟음치게 하는 오월의 산과 들녘을 산책하면서 시 한 편을 지었다.

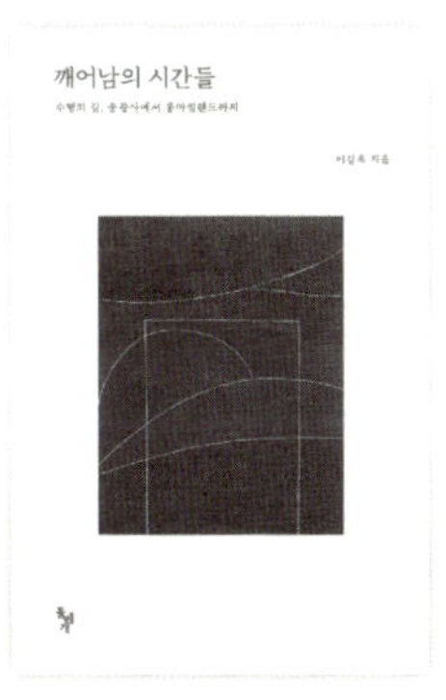

〈벚꽃 봄날아!〉

모두가 설레어
임이라 부르는 속삭임

봄빛이 귀띔하였지
그대는 재주가 좋아 난데없이 화사하게 피어서
한바탕 모두를 사로잡는다고
누구나 활짝 꽃피운다고

그런데 뜬금없이 꽃잎 하르르 휘날리네
지는 꽃잎으로 내 손등 머리 입술에 살포시 내려
나를 꽃으로 지게 하네
또다시 설레네

그대는 필 때나 질 때나
화사한 꽃으로 하늘과 땅
가득히 설레어라

화창한 봄날 그렇게
아무 말 없이 어느새 왔다가 어느새 가는
가득한 아쉬움아!

우리는 살면서 알고 있다. 항상 기쁨만 있는 것이 아니고 항상
슬픔만 있는 것이 아니라는 것, 그러나 우리는 이것을 절실히 체
감하지 못하는 것은 우리의 내면이 항상 기쁨만 가득하기를 바라
는 소망 때문이다. 이것은 삶의 굴레가 지금까지 계속 기쁘기도
하고 슬프기도 한 연속이었기에 기쁨만이 내 인생이 가득하기를

바라는 것은 참으로 부질없는 허구의 소망이다.

266대 프란치스코 교황님이 89세로 이 세상을 영원히 떠났다. 부활절 다음 날인 2025년 4월 21일 선종하였다. 평생 힘없는 수많은 빈자의 성자로 살다가 하늘나라로 영원히 갔기에 전 세인이 더욱 애통해하였다. 나는 장례미사를 TV 생중계로 보면서 긴 묵언 속에 잠기면서 깊은 생각에 잠겼다. 사람이란 누구나 길지 않은 짧은 한세상 살다 가는데 왜? 그렇게 말도 많고 탈도 많을까? 도대체 나는 무엇이고 산다는 건 무엇인데 이리도 어렵고 힘겨운가?

「깨어남의 시간들」^(이강옥 著)이란 책을 펼쳤다. 삶의 고뇌를 속 시원히 풀어 줄 기독교 서적이 없다. 불교에서 여름과 겨울에 하안거와 동안거란 독방 수행을 안내하는 책이 마침 서재에 있어서 독서를 하였다. 오래전부터 '화두' 하나 들고서 식음을 전폐하고 잠도 안 자고 수행하는 불교의 철저하고 처절한 수행이 궁금했는데 때마침 잘 되었구나 생각이 미쳤다.

그때 갑자기 섬광처럼 번쩍 뇌리에 화살처럼 꽂히는 게 있었다. '아! 나는 혹시 지금까지 우물 안 개구리가 아니었을까? 그래서 지금껏 다람쥐 쳇바퀴 돌 듯 속 좁게 산 것은 아닌가? 아니면 혹시 지금까지 깊은 겨울잠 자다가 갓 깨어난 우물 안 개구리가 아닐까?’ 이제부터라도 정신 번쩍 드는 새봄 개구리가 되자. 더욱 책을 읽어야겠다는 마음이 들었다.

그러나 나는 이 책을 읽으며 함정에 빠졌다. 먼저 불교에 대하여 박식하지 못한 우둔함에 읽어도 정확히 제대로 이해하지 못하는 함정이 염려되었다. 자칫 수박 겉핥기가 되겠구나. 다행히 이강옥 저자는 서울대학교 국문학과를 졸업하고 박사학위를 받고 교수 강의와 스님 수행을 함께하고 일찍이 법문에 들어서서 고우 큰스님으로부터 ‘원봉(圓峯)’이라는 법명을 받았는데 불교에 문외한이어도 비교적 쉽게 써서 독서에 안심이 되었다.

그래도 불교는 어려운 학문이요 진리이다. 우둔한 자로서 감히 불교 서적을 펼치다니 하물며 특히 실행을 강조하는 종교인데 부처님이 어리석다 질책하며 기가 차서 허허 헛웃음 소리 쟁쟁히 들리는 것 같아 두려웠다. 그러나 이를 어쩌랴. 무식한 놈이 큰일 저지른다고 하지 않던가?

저자 이강옥은 불교에 대하여 법문 강론에 비중을 두기보다는 불교에 대한 자신의 수행을 알기 쉽게 소개하였다. 아마 불교를 모르는 일반인이나 불교와 거리가 먼 대학생에게 불교 수행의 안내서인 것이 옳겠다.

유년부터 시작된 출가의 길

그는 어린 유년 시절 어머니의 죽음이 일찍부터 화두가 되었다. 극심한 생활고에 시달린 시골의 혹독한 어머니의 노동은 절망감을 주면서 그래도 유일한 안식처였다. 중학교 시절 어머니의 삶과 죽음의 경계는 생의 허망함과 망상에 헤매이게 하였다. 그 시절 여름 장마철 홍수 때 물에 퉁퉁 부은 시신을 부둥켜안고 통곡하는 유가족을 목격하였다.

그 시절의 슬픔과 배고픔의 생생한 기억, 고등학교 시절에는 인적 끊긴 묘지에 가서 '마르쿠스 아우렐리우스'의 명상록을 읽던 기억도 있고 염세적 구절들이 아련하다. 사람으로 살아간다는 자체가 다른 생명의 희생을 전제로 한다는 사실 앞에 아무 답을 모르는 세상에서 침묵하는 하늘만 우러러볼 뿐 참담하기만 하였다.

결국 출가(出家)하여 불문(佛門)에 들어가기로 결심하였다. 그러나 결행할 수 없게 되었다. 늦은 나이에 결혼해 아이를 얻었고, 공부를 계속하기 위한 아내를 위해 대신 아이를 키워야만 하였다. 그러나 가슴 한 모서리에는 출가의 결행이 사라지지 않았다. 그렇지만 이 또한 이루어지지 않았다.

예일대학교, 뉴욕주립 스토니부룩대학교에서 방문학자로 연구하는 기회가 생겨서 유학 생활을 하였다. 그리고 그 후에 다시 한

국으로 돌아와 교수 생활을 하였다. 그런데 부끄러웠다. 학생들을 가르치면서 나는 누구인가? 자신 있게 삶에 대한 어떤 확신이나 진실을 당당히 제시하지 못하는 실체는 냉가슴을 태울 뿐이었다. 해마다 6월이면 전국 주요 사찰들이 여름 수련회에 참가할 사람들을 모집한다. 그런데 출가하려는 그의 발목을 어린아이가 잡았다.

그런데 다행히도 마침 아내가 11년의 유학 끝에 박사학위를 따서 돌아왔다. 그는 조심스럽게 아내에게 출가의 허락을 받았다. 드디어 송광사 수련회 합격 통보가 날아왔다.

나는 여기서 이강옥이란 사람은 참으로 대단하다는 엄청난 감회에 빠졌다. 어떻게 한 어린아이의 아빠로서 한 아내의 남편으로서 한 대학 교수로서 그렇게 훌쩍 출가할 수 있을까? 도저히 감당할 수 없고 도저히 수긍할 수 없는 결단이고 처신이라는 생각이 들었다. 한편 그의 출가를 이해한 아내도 역시 대단하다고 느끼지 않을 수 없었다. 얼마나 절실하고 절박하면 저런 부부가 세상에 있을까?

아는 자는 말하지 아니하고

수행의 오리엔테이션이 시작되었다. 지도 법사 스님은 전생에 스리랑카 스님이라는 농담이 실감이 날 정도로 그을린 얼굴에 비장한 엄격함이 보였다. 묵언(默言)의 청규(淸規)가 내리쳤다.

'아는 자는 말하지 않는다. 말하는 자는 알지 못한다.'
'지금 내가 해야 할 일은 깊은 내면으로 향하는 여행이다.'
'참 나를 아는 것이 최상의 일이다.'
'지금까지 입으로 지은 죄를 참회하는 뜻에서 묵언하겠습니다.'

묵언은 특이한 체험을 하게 하였다.

① 말을 통하여 사람 사이에 건강한 관계를 만들어 살 만한 세
   상이 되도록 해야 하는데 말이나 글이 자기 욕심을 채우는 수
   단과 방법으로 전락한 위장술이 되어 부끄러운 나 자신을 발
   견하게 하였다.

② 내가 살아가기 위해 끊임없이 책임질 수도 없는 언어를 남발
   한 나 자신을 발견하였다.

③ 나의 언어로 많은 사람이 상처를 입거나 어려운 곤경에 빠트려
   졌다.

④ 가정, 사회, 직장, 단체 등에서 남을 속인 거짓말 얼마나 많았
   던가? 부끄러운 자신이 발견되었다.

⑤ 특히 교사, 교수, 판사, 법관, 종교인, 정치인 등은 법과 양심
   과 진리와 신 앞에 과연 부끄러움이 없는가? 말이 많을수록
   자신이 타락한 죄인임을 발견하였다.

내 덕행으로 받기 참 부끄럽네

절에서 음식을 먹는다는 것은 시주자의 공양물을 소비하는 것이므로 반드시 그 이상의 이로움은 다른 중생에게 갚아야 한다. 바로 이런 정신을 실천하기 위해 발우 공양 의식에서 특별한 체험을 하였다.

이 음식 어디서 왔는고
내 덕행으로 받기 부끄럽네
마음의 온갖 욕심 버리고
몸을 지탱하는 약으로 알아
도업을 이루고자 이 공양을 받습니다.

밥그릇인 1번 발우를 이마에 대고 오관게(五觀偈)를 외울 때면 어느덧 울먹거려 목소리가 죽어 갔다.

작은 핏덩어리로 태어나 이렇게 큰 몸이 되었으니 그동안 얼마나 게걸스럽게 먹었던가? 이 한 몸은 다른 생명들을 수없이 희생시킨 증거품이구나.

부끄럽고 또 부끄럽구나.

그때 모두 다 참회하면서 발우들을 씻어 낸 숭늉뿐만 아니라 천숫물까지도 알뜰히 눈물 흘리며 천천히 음미하며 마셨다.

포만감을 느끼며 음식을 먹는 것은 죄악이다.

음식을 함부로 남기는 것 또한 죄악이다.

묵언과 발우 공양을 통하여 입술과 혀는 어느 순간 날카로운 칼날이 되고 섬뜩한 톱도 된다는 사실 앞에 몸서리쳤다.

모름지기 남을 해치는 말은 그 날카롭기가 가시 바늘과 같다는 명심보감이 번뜩였다. 수행 생활은 법도를 말보다는 묵묵히 몸과 마음으로 실행을 철저히 한다는 것이 근본이었다. 수행장의 수련 도반은 병자든 도적이든 학자든 교수 판사든 의사든 철두철미 평등 원칙에 근거하여 죄인처럼 자신의 숫자 번호를 받아 수행한다.

하늘 위에 인간 없고 하늘 아래 인간 없다. 아무리 힘들거나 어려워도 청규(清規)를 어기면 총장도 화장실 청소를 손걸레로 박박 윤이 나도록 죽어라 닦아야 하고, 판사나 의사라도 너무 답답하여 묵언을 잠시라도 지키지 못하면 똥통을 짊어지고 두세 시간 뙤약볕에 기진맥진 죽어라 노동해야 한다.

오히려 청규를 잘 지키는 절름발이 병신은 상을 받는다.

이 얼마나 공평한 극락 같은 세상인가?

여자 수행자들은 함부로 거울을 보지 말고 화장을 철저히 금해야 한다.

그동안 얼마나 수없이 겉과 속이 다른 가식의 얼굴이었던가?

수행장에서 자신을 철저히 깨달아야 한다는 것이다.

참선이 시작되었다.

도반들은 누구 하나 자신감이 없이 저마다 속으로 흔들렸다.

과연 그 철저하게 단정하고 반듯한 곧은 자세를 무념무상의 맑디맑은 정신을 유지하면서 얼마나 지탱할 수 있을까?

죽비에 얼마나 가슴 철렁 내려앉을까?

혹시 참다가 참다가 돌연 병원 신세가 되어 도로 나무아미타불 되지 않을까? 저마다 만감이 오간다.

수행 기간 동안 저마다 자신을 다그치지만, 그전 세속에 물들고 쌓인 업보 때문에 남을 신경 쓰이게 하고 잠꼬대나 이를 뿌드득 밤새도록 가는 행위 등으로 남을 힘들게 하는 일이 비일비재하다. 매일 천국과 지옥을 오가는 수행이다. 천국의 맑고 밝은 수려한 절의 물소리가 이리도 괴괴한 귀신의 울부짖음으로 들리는구나. 너무도 착각 속에 살았구나. 그전에 아파트의 건물이 빛의 굴절로 거꾸로 보이고 나무와 꽃과 하늘이 호수 속에 거꾸로 보이는 착각의 세상, 이게 바로 허상이구나. 나는 수없는 허상을 착각하여 진상(眞常)으로 보면서 살았구나. 참으로 우매하고 우매하도다.

대웅전 앞마당으로 나갔다.

도량석(道場釋, 새벽 예불 전에 도량을 청정하게 하기 위하여 행하는 사찰의 의식) 도는 스님이 목탁을 두드리며 걸어간다.

사사바바바 수다살바 달마 사바바바 수도함.

정삼업진언(淨三業眞言, 세 가지 업을 깨끗이 하는 진언)을 염하는 것이다.
이산 선사의 발언문은 더욱 간절히 들렸다.

보리 마음 모두 내어 윤회고를 벗어나되
화탕지옥 끓는 물은 감로수로 변해지고
검구도산 날 선 칼날 연꽃으로 화하여서
고통받던 저 중생들 극락세계 왕성하며
나는 새와 기는 짐승 원수 맺고 빚진 이들
갖은 고통 벗어나서 좋은 복락 누려지이다

장삼 자락 휘날리며 스님은 묵묵히 걷는다.
그가 한 발 내디딜 때마다 발이 땅 밑으로 빠져드는 듯 보였다.
나는 설원에 새 길을 내기보다는 앞서간 스님이 만들어 놓은 길
을 그대로 따라간다. 스님의 발자국이 내 발자국이다.
대웅전 안에서 당 당 당 가녀린 종소리가 들려왔다.

이 종소리 울려 번뇌를 끊어라
지혜가 자라나 슬기를 거두리
지옥을 떠나고 삼계를 벗어나리
원하던 부처 되어 뭇 삶을 건지라

달빛과 별빛이 쏟아지듯 축원의 말씀이 퍼지고 있었다.

새벽 산사는 축원의 바다였다. 법고의 두터운 소리가 한 거풀 대지를 덮어 주더니 깊이와 넓이를 형언키 어려운 범종 소리가 은은하고 장중하게 울려 퍼졌다. 그 소리는 지옥 중생을 구원하기 위해 지옥으로 날아가기 전에 먼저 내 속으로 가득히 들어왔다. 내 머리끝에서 발끝까지 내 몸 구석구석을 들쑤시고 콕콕 찌르며 한편 어루만져 주었다.

시들어 가던 내 육신에 새 힘이 돋기 시작하고 웅크려 있던 혼은 기지개를 폈다. 생육의 은혜를 느끼며 부르르 떨었다.

대웅전 법당의 사방 문으로 조용히 겸허히 사람들이 들어왔다.

가운데 문으로 스님들이 들어오고 양옆으로 수련생들이 들어오고 뒷문으로 행자승과 자원봉사자들이 들어왔다. 어느새 법당은 가득 찼다. 종고루의 운판 소리를 받아 법당의 운고와 경쇠가 울렸다.

그리고 예불이 시작되었다.

아금청정수 변위감로다 봉헌삼보전 원수애납수
원수애납수 원수자비애납수

예불문의 간절한 봉송이다. 이산 선사 발원문을 독송하는 젊은 스님의 목소리가 간절하였다. 반야심경 합속은 박진감이 있으면서도 그윽했다.

천수경을 염하는 행자 스님들의 목소리는 굳세고 웅장하였다.

사람의 목소리도 새벽 산사에서 울려 퍼지면 나무와 쇠, 가죽 못지않게 감동을 주었다.

나는 법당 가득한 염불 소리를 들으며 눈으로는 금강경 구절의 뜻을 되새겼다. 새벽 산사의 마당은 축원의 말씀으로 가득 찼고 예불이 이루어지는 법당은 고백과 참회와 절하기로 잔잔히 분주하였다. 마침내 예불을 마무리하는 입정(入定)과 정근(情勤)이 시작되었다.

반가부좌를 틀고 눈을 감으니 지금 이곳에 내가 있다는 사실이 꿈결인 듯하였다. 산사의 새벽은 거대한 우주를 담은 위대한 세상이었다.

하늘과 땅, 뭇 중생들이 다시 새롭게 태어나는 크나큰 역사가 이루어지는 세상이었다.

그물에 걸리지 않는 바람과 같이

사자루 방안 내 자리는 뒤쪽 창가 옆이었다.

시냇물 소리가 요란하였다. 간간이 내린 비는 시냇물 소리를 더 우렁차게 하였다. 때로는 엄청난 소음으로 들리다가도 위대한 메시지를 전하는 법음으로도 들렸다. 물소리가 때로는 스님들의 말씀과 경쟁하는 듯하다가 어느덧 그 말씀에 동화되어 말씀의 속뜻을 오묘하게 전해 주는 것 같기도 하였다.

방장이신 보성 스님은 개당법문(個堂法門)을 내려 주시고, 회주 법
흥 스님은 법구경을, 유나 현묵 스님은 참선법을, 주지 현봉 스님
은 반야심경을, 성철 스님 상좌였던 원순 스님은 진심직설을, 강
주 지운 스님은 부처님의 생애와 사상을 강의하였다. 나는 스님
들 말씀의 뜻을 깊이 이해하기보다는 물소리에 섞인 그 말씀을
골라서 해독하는데 더 많은 노력을 기울여야 했다.

보성 스님은 불교의 수행은 믿음으로 시작해서 믿음으로 끝난
다고 하면서 심신을 특히 강조하였다. 믿음이란 우리의 마음에
불성이 갖추어져 있다는 믿음이고 진실한 수행 정진을 통해서 우
리도 부처가 될 수 있다는 믿음이며 수행하여 부처가 되면 다함
이 없는 공덕이 갖추어진다는 것에 대한 믿음이다. 유나 스님은
그윽하고 청아한 목소리로 참선의 방법을 가르쳐 주었다.

참선은 우리가 어디서 왔다가 어디로 가는지를 가르치고 우리
는 보이지 않는 세계에서 존재하다 보이는 세계로 모습을 나타내
지만, 그 인연이 다하면 또다시 보이지 않는 세계로 돌아간다는
것이다. 무명(無明)의 업력에 의해서 우리는 거듭나지만 윤회의 굴
레에서 벗어나도록 노력해야 한다. 영적 진화를 돕는 일, 혹은 수
행 정진하는 일이 가장 잘 사는 삶이며 윤회의 굴레를 벗어나는
가장 유일한 길이라고 설법하였다. 그리고 참선의 방법을 상세히
일러 주었다.

① 먼저 마음을 편하게 하고 허리를 곧게 편 뒤 숨을 길게 천천히 마시고 잠깐 멈추었다가 조용히 내쉰다.

② '이 뭐꼬' 화두를 하는데 화두는 분별이나 망념으로 드는 것이 아니다. 오히려 이분법적 분별심을 내려놓고 생각과 말의 길을 완전히 끊어서 나와 화두가 하나가 되고 마침내 나와 화두까지 사라지게 하는 것이다.

③ 참선 수행을 하는 동안 줄곧 인생의 본질과 천지 만물의 운행 원리에 대한 나의 잡다한 지식과 그동안 들은 법문의 내용이 뒤엉켜 머릿속이 매우 복잡할 것이다. 그래서 이것 때문에 수를 헤아리는 수관법이나 뜻을 알 수 없는 염불관을 생각한다.

해우소의 풀 향기

산사 해우소는 가장 더러운 곳에서 가장 향기 나고 아름다움의 일깨움을 얻는다고 많은 이들이 이구동성으로 말한다. 어떤 관광객은 해우소가 너무 향기롭고 상쾌해서 오래오래 책을 읽었다고 하였다.

송담 스님은 세상에서 가장 더러운 똥을 받아 주는 화장실에서 볼일을 보다가 홀연 의심이 사라지는 경지를 얻어 득도했다는 일화가 있다.

송광사 화장실은 근심 걱정을 모두 풀어 준다는 뜻의 해우소(解憂所)란 팻말을 붙였다. 송광사 해우소는 가장 더러운 것이 가장 깨끗하고 아름다우며 고귀한 것이라는 불법을 가르치고 있었다.

이 세상 어디에 화장실이 큰 가르침을 주는 곳, 또 어디에 있으랴.

현봉 스님의 시간과 공간을 인식하는 한계

현봉 스님은 공간과 시간을 인식하는 한계를 지적하였다.

우리는 입방체 속에서 살고 있는데 그 입방체 속에는 다른 공간을 무수히 넣을 수 있다. 온갖 공간, 온갖 소리, 온갖 파장이 공존한다.

그러나 우리는 그 일부만 지각하고 그런 불완전한 지각 능력에 의해 지각되는 것만 존재한다고 주장한다. 이런 한계는 우리의 업(業)에서 초래하였다.

바로 이 업을 떨쳐 없애야만 한다. 그런데 업을 닦아 존재하는 모든 것을 다 보는 것이 궁극적 목표는 아니다.

인식 주체가 착각이나 환각에 빠져 있으므로 존재한다고 판단되는 것은 처음부터 존재하지 않은 것이다. 우리가 있다고 여기는 모든 것이 실제로는 있는 것이 아님을 부처님은 깨우쳐 알았다. 그리하여 마침내 그 모든 것은 보고 들을 수 있는 단계에 도달할 수는 있으나 실제로는 존재하는 것이 아님을 깨달아야 한다는 것이다.

이와 관련하여 공(空)은 텅 빈 것이지만 끊임없이 생성하고 팽창하고 소멸한다. 바로 텅 비었지만 그곳에서 생성되고 소멸된다는 상반된 의미를 내포하는 원리이다. 궁극적으로 깨달은 눈으로 보면 이 세상은 공이다. 즉 세상의 본질은 공으로 통찰할 때 궁극적 해탈이 가능하다.

나는 여기에서 매우 혼란스럽다. 더 공부하고 연구하고 수행해야 함을 느낀다. 또 반야심경은 다음과 같은 구절이 있다.

관자재보살이 반야바라밀다를 수행할 때 오온이 다 공함을 비추어 보고 모든 괴로움에서 벗어나느니라. 이때 오온은 색(色), 수(受), 상(想), 행(行), 식(識)이라는 영역이 각각 있는 것이다. 색은 물질 일반과 소리, 냄새, 맛, 감촉 등 객관 대상이고, 수는 객관 대상을 지각하고 받아들이는 마음의 작용이고, 상은 받아들이는 것을 추상화하고 개념화하는 것이고, 행은 그 마음이 일정한 방향으로 작동하는 것이고, 식은 사물을 식별하는 마음의 본체이다.

우리는 오온이 공임을 깨달을 때 일체의 고액(苦厄)으로부터 벗어난다. 현재의 고통뿐만 아니라 과거와 미래의 고통도 포함되고 나의 고통뿐만 아니라 모든 중생의 고통도 포함한다. 또한 즐거움은 고통과 상대적으로 구분되는 불안전하고 불완전한 것이기에 근본적으로 고통과 다르지 않다.

또한 같은 상황이 어떤 존재에게는 고통이고 어떤 존재에게는 즐거움이라는 것, 같은 상황이 어떤 존재에게는 죽음을 초래하고 어떤 존재에게는 삶을 보장한다는 것일진데 고통과 즐거움, 죽음과 삶의 분별은 불완전한 지각과 인식에 의해 이루어진 허구이다.

나는 여기에서도 더 생각하고 더 고뇌하고 더 연구하고 더 수행해야 한다고 느낀다. 그러나 부처님의 깨달음이거늘 감히 내가 무엇을 왈가왈부한단 말인가? 바보 같은 부질없는 허튼짓이라는 생각도 들었다.

빌뱅이 언덕에서 읽은 권정생경

이 책은 한 가지 특징이 있다. 바로 권정생 아동문학 작가의 등장이다. 불교 수행서에 아동문학 작가의 등장은 의아심이 생길 일인데 읽으니 충분히 이해되고 흥미로웠다.

권정생(權正生, 1937~2007, 70세)은 삶이 너무도 슬프고 애잔하고 안타깝다. 불교 수행자 이강옥은 봉화로 갈 때면 일직터널을 벗어나 한 굽이 돌면 저 멀리 '일직교회' 종탑이 보이는데 특별히 마음이 뛰어 안동 보경사 정해 학당 공부로 오갈 때면 갓길에 멈춰 서서 빌뱅이 언덕 권정생 선생의 오두막집을 자꾸만 물끄러미 바라보았다. 그리고 그날 공부한 부처님 말씀을 되새기곤 하였던 추억이 있다. 그때 권정생의 어렵고 힘겨운 삶의 곡절이 경전의 한 대목에 클로즈업되어 그가 생성된 권정생경(權正生經)이다.

이강옥은 가난한 빈자의 서러워서 아름다운 삶을 그냥 지나치지 못하고 빌뱅의 언덕 장, 일직교회 종탑 장, 기도원 장, 시장의

장 등 경전을 특별히 마련하였다. 권정생 삶에 대한 남다른 애정
이다.

우리는 살면서 어떤 인물을 나와 밀착시켜서 특별한 경전을 마
련한다는 것은 참으로 신성하고 충격적인 감동이다. 아마 어떤
때는 어둠에 묵힌 빌뱅의 깜깜한 언덕 오두막집의 깜빡거리는 불
빛을 그리며 불경을 되새겼을 것이다.

무아무상(無我無相)을 가르친 금강경, 깨달음의 뜻과 길을 가르쳐
주는 원각경, 보살의 보살다움을 가르쳐 주는 화엄경은 수행자
심신에 남달리 깊이 새겨지고 울림이 컸을 것이다.

여기에서 겨우 국민학교를 간신히 마치고 나무 장수, 고구마 장
수, 일용 노동자 등으로 객지로 떠돈 권정생을 좀 자세히 소개 못
하는 것이 아쉽다. 우리는 이처럼 남에게 귀감이 되거나 남에게
꽃이 되는 생을 살아야 한다.

무문관 수행

불교가 특별히 수행이 치열하고 처절하고 지독한 자신과의 투
쟁임을 이 책을 통해 더욱 실감하였다. 특히 무문관 수행은 '죽기
아니면 살기로 어디 한 번 네가 이기나? 내가 이기나 한판 붙어
보자.'는 한바탕 까무러치기 무섭고 끔찍한 수행이다. 어느 수행

자의 일기부터 살펴본다.

5월 28일

내가 나에게 두려운 것은 답이 틀리는 게 아니고 내 안에 물음
이, 삶의 화두가 사라져 버리는 것이다. 물음이 없는 삶은 죽은
것, 그러나 지금 나의 물음은 처음처럼 고독하다.

6월 4일

새벽 2시, 나도 이젠 장판 때가 조금 묻었는지 시계가 필요 없
을 정도로 이 시간이면 자동으로 일어난다. 마음대로 늦잠을 자
도 되지만 나 자신과의 싸움에서 지기 싫은 까닭이다. 살 때는 삶
에 철저하여 그 전부를 살아야 하고 죽었을 때는 죽음에 철저하
여 그 전부를 죽어야 한다.

6월 18일

우리는 끊임없이 선택을 강요받으며 살고 있다. 어떤 선택을 하
였든 지금, 여기가 가장 중요한 자리이며 이 순간 최선을 다해 살
지 않으면 아무리 잘한 선택이라도 가장 잘못 산 것이 된다.

7월 23일

오늘은 내 안의 부처가 너무 그리워 하루 종일 굶었다.
허기진 배는 화두를 꾹꾹 씹어 채웠다.

이 뭣고?!, 이 뭣고!?, 이 뭣고?!, 이 뭣고!?

독방에 갇히다.

내 방은 212호, 온통 하얀색이다.

철문을 들어서자, 오른쪽에 좌변기가 있고 A4용지 크기의 세면대가 있다.

꼭꼭 숨겨 둔 죄가 너무 많아 죗값 치르기 위해 들어온 죄인 느낌이 들었다.

숨만 쉴 정도의 조그만 독방….

오후 6시 30분에 첫 수행을 시작하였다.

화두가 생생해지려는데 철컥하는 소리가 뒤통수를 내리쳤다.

밖에서 철문 잠그는 소리였다. 아! 나는 이제 감금되어 아무리 지겹고 답답해도 밖으로 뛰쳐나갈 수 없구나.

괜히 숨이 가빠졌다. 이러다 덜컥 심장마비라도 걸리면 어찌하나?

번뇌가 일어났다. 그러나 그동안 수행으로 단련된 몸은 곧 안정을 추스리고 완전히 고립된 나를 확인하면서 7일간의 온전하고 완벽한 내 시간이었다.

독방은 내가 무엇인지? 내가 무엇으로 구성되어 있는지? 냉철하게 계산하고 관찰하는 실험실이다. 과연 실험실의 나는 어떤 결과물의 존재일까?

이만 쓰겠다.

먼저 불경 공부를 해야겠다.

불경은 어렵고 오묘해서 내용과 뜻을 참으로 헤아리기 어렵다.

산사에 들어가 한 1년 이상 죽기 살기로 공부하면 티끌만큼이라도 건지는 깨우침 얻으려나? 그저 아쉬움만 가득 남는다.

한 가지 어렴풋이 깨달은 것이 하나 있다.

내가 이 세상에 있는 것처럼 살지 말고 내가 이 세상에 없는 것처럼 살아야 한다. 아무쪼록 내가 없거나 죽은 것처럼 열심히 살면 죽거나 살거나 복락을 누리며 잘 산다는 것이다.

지금 이렇게 보이면서 살고 있는 나는 수수억년 내가 없는 과거를 낳은 티끌 씨앗이고 수수억년 내가 없는 미래를 낳을 티끌 씨앗이라는 것이다.

나는 이 세상에서 가장 엄청난 존재이면서 가장 보잘것없는 존재이려니 이를 어쩌랴. 정말 이를 어쩌랴.

가을 산책길에서

―「나를 속삭이는 밤」(김민)을 읽고

이번에 만난 가을은 가을답지 않았다. 때 아닌 비가 추적추적 내려서 추석 명절이 추석 기분을 한결 북돋아 주지 못했고 가을 기분도 설렘이 허술하였다. 그러나 뒤늦게 청아한 가을 하늘이 드높이 펼쳐지고 붉게 물드는 단풍이 보인다. 다행이다.

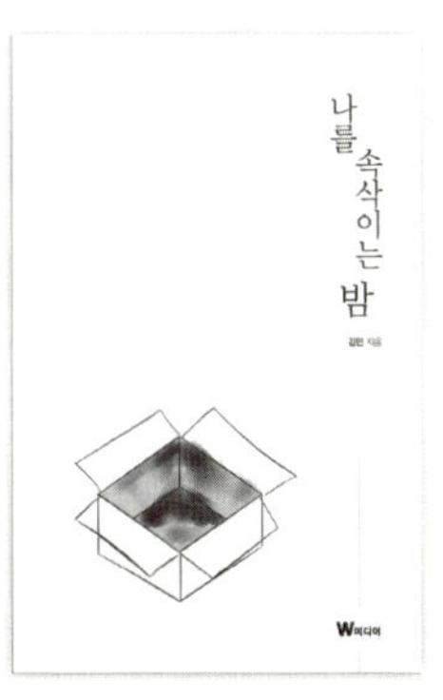

낙엽 떨어지고 우수수 휘날리는 가을 소리도 이제 곧 들리겠지?! 어느 낯선 산골 외딴집 가을밤 불빛 깜빡거릴 때 농익은 감 하나 톡 떨어져 서리 내린 갈잎에 감 맛 물씬 풍기겠지?!

모처럼 밤 깊이 독서를 하였다. 「나를 속삭이는 밤」 김민 작가가 바다가 보이는 통영 해안 집에 머물며 내가 나를 부르며 자신을 들여다보는 명문(名文)이 가득하다. 나는 불현듯 각박한 일상 속에서 쫓기듯 나를 잃어버린 듯 여유 없이 사는 현대인에게 울림을 주는 아포리즘 보석을 찾은 양 단숨에 읽었다. 여기 하나하나 누에가 어느 봄날, 하얀 실을 사락사락 뽑아내듯 밤새워 나를 상실한 나를 찾는 보석으로 반짝인다.

각양각색의 삶 가운데에서

1. 산책은 나를 향한 발걸음이다. 산책하면서 완전하지 않아도 온전한 나를 만드는 나를 마련한다.

2. 밤하늘에 수많은 별이 아무리 빛나더라도 나는 내 방에 촛불을 밤 깊이 켜는 가을밤이 되어야 한다.

3. 재능이 없어도 진실한 마음만 간직하면 사람 사이의 대화는 언젠가 아름다운 꽃으로 필 수 있다.

4. 신은 세상에 인간을 내보낼 때 행복을 함께 주었다. 그러나 행복은 불행 뒤에 숨어 있다. 그 행복을 찾기 위해 손에 상처가 나고 아파야 행복은 미소 지으며 나에게 온다.

5. 지금까지 살아온 날을 되돌아보면 경이로울 뿐이다. 용케 살아왔구나. 계산할 수 없을 정도의 행운과 살기 위한 안간힘이

모여서 기적처럼 생을 이어 왔다.

6. 무언가가 되지 않아도 세상은 이미 환희로 가득 차 있다. 살아 있는 동안 끊임없이 느끼고 아직 느낄 수 있음에 감사하며 남은 날들을 살아가려 한다. 좀 더 나은 사람이 되려는 것은 인간의 본능일 테지만 휘둘리지 않으려 한다. 어제보다 나아졌는지 집착하지 않는다.

7. 지금 여기에서 살아 있음을 느끼는 것보다 본질적인 것은 없다. 다시 올 수 없는 이곳에서 가 보지 않은 저곳으로 기꺼이 생명을 내어 주며 이어 가면 된다. 나중에 뒤돌아보면 모두 좋은 날이리라.

8. 사라져 가는 것들을 슬퍼했다. 잃어버린 것들을 오랫동안 그리워했다. 끝내 모든 것이 사라지고 마는 것이 먹먹했다. 두려웠다.

9. 충분히 슬퍼한 후에야 알 수 있었다. 이따금 기우는 달을 보며 울었던 것은 마음이 기울어진 까닭이 아니라 생을 바로잡기 위해 흘려보내야 할 마음이 있었기 때문이다.

10. 아무것도 사라지지 않는다. 사람은 사라져도 그 사람만큼의 공간이 생겨난다. 각자의 삶이 부딪혀 만들어진 소리는 사

라지지 않는다. 온 힘을 다해 부딪혀 만들어진 소리는 울림이 되어 들려온다. 그 울림은 각자의 가슴에 닿는다. 소리는 사라져 버리지만 울림은 영원히 남을 수 있다.

11. 생의 노래가 만들어지는 방식을 이제서야 알겠다. 생이 만들어 낸 현의 노래, 세상과 생이 부딪혀 울리는 북소리, 어제와 오늘 내일 사이를 잇는 시간의 통로, 인연이 이어지면 생은 넓어질 것이고 생이 끊어지면 그리움이 깊어질 것이다. 산다는 것에는 소중한 것이 되어 사라지지 않는 무언가가 있다.

12. 모든 꽃은 시들어 지지만 오래 남아서 여운의 울림이 있는 생이 있다. 비석에 새겨진 이름은 끝내 사라지지만 사라지지 않는 이름이 있다.

13. 진흙탕에서 고운 연꽃이 피고 추운 겨울일수록 동백은 곱게 물든다. 괴로운 상처도 결국 아름다운 꽃을 피울 거름이 될 수 있다.

14. 이곳을 떠나기로 마음먹고 나니 자주 오가던 길도 한 번 더 걸어 보고 싶어진다. 더없이 소중하게 느껴지는 것, 아무 의미 없다고 스쳐 버린 것도 특별히 소중하다고 다가오거늘 한 번도 살아 본 적 없는 날들은 얼마나 기적 같을까?

15. 사람은 소중한 것을 떠나보내면 크게 성숙한다. 아픔이 클수록 성숙한다고 하였다. 큰 아픔을 감당할수록 성숙한다고 하였다. 끊임없이 불어오는 저 바람의 메시지에서.

16. 마음 텃밭에 질문 하나를 묻는다. 타인에게 열매를 구하는 것보다 스스로 씨앗을 심는 편이 영혼을 풍요롭게 만든다. 스스로 묻고 기다린다. 기다림에 얼마나 놀라운 힘이 있는지 모른다. 사람과의 대화는 관계를 깊게 하고 세월과의 관계는 영혼을 깊게 만든다.

17. 질문은 답을 구하는 과정이면서 동시에 스스로의 관점을 확립하는 과정이기도 하다. 세상에 지혜를 구할 기회는 얼마든지 있다. 지금까지 쌓아 온 가치관과 다르다고 해서 무시해 버리면 안 된다. 누군가에게 개소리에 불과한 이야기가 누군가에겐 까막눈을 번쩍 뜨게 한다.

18. 신은 항상 안부를 묻는다. 오늘도 병들지 않고 잘 있냐고? 인간은 항상 선과 악을 동시에 가지고 있어서 불안한 존재이기에 신은 항상 안부를 묻는다.

19. 마음공부는 언제나 지금부터다. 질문하는 한 공부는 계속된다. 인간은 누구나 자신만의 언어를 소유하고 있으나 지혜로운 자는 자신만의 마음 사전을 만든다. 마음 사전을 채울

수록 삶은 풍요로워진다. 그러나 가장 중요한 것은 항상 자신과의 대화를 하는 일이다.

20. 질문을 포기하지 않는 한 영혼은 결코 노쇠하지 않는다. 사색을 통해 질문을 이어 가는 것이 인간의 정체성을 이룬다. 답은 멈춤이고 질문은 전진이다. 답은 고정되어 있고 질문은 움직이게 한다. 답은 죽어 있고 질문은 살아 있다. 생에 정답은 없다. 생에 정답은 없다.

하늘은 빛으로 나를 주시한다.

21. 나는 누구인가? 나는 지금 어디에 있는가? 나는 무엇을 해야 하는가? 끊임없이 질문하는 일이 인간을 만든다.

22. 영혼이 살아 있는 사람은 질문을 멈추지 않는다. 기억은 지금까지의 나를 이룬다. 질문은 변화를 가져온다. 번잡한 세상에서 영혼을 잃어버리지 않기 위해 질문해야 한다.

23. 처음 가 본 도시에서 길을 묻듯이 처음 살아 보는 시간에 길을 묻는다.

24. 세상에서 깨닫는 가장 귀한 것은 자기 자신을 찾기 위한 황금의 시간을 갖는 일이다. 실로 중요한 것은 자기 자신에게

계속 물어야 한다. 진정 나를 행복하게 해 줄 선택이 무엇인
지 물어야 한다. 선택의 갈림길에 많이 서 보라. 풍족한 생
은 거기에서 싹이 솟으리.

25. 온갖 고난을 뚫고 여기까지 온 것만 해도 대단한 일이다. 자
존감은 자신의 존재를 온전히 받아들일 때 유지된다.

26. 경험하고 사유한 것들이 자신을 형성한다. 말은 던지는 것
이 아니라 심는 것이다. 소리는 일회성이지만 울림은 영구
적이다. 말은 마음에 뿌리를 내린다. 말씨라는 단어는 말을
할 때 씨를 뿌리는 것처럼 해야 한다는 의미를 담고 있다.
오늘 날씨를 살피듯 듣는 이의 낯빛을 살펴야 한다.

27. 말에는 에너지가 있다. 말에는 생명력이 있다. 생명이 깃들
지 않은 말은 공허하다.

28. 벼를 베어 낸 들판이 추운 겨울을 보내며 생명력을 비축하
듯이 말은 내 몸 안에 충분한 침묵으로 영글어야 한다. 그러
므로 침묵으로 비축된 말은 말 힘의 위력이 발휘된다.

28. 말을 아끼라는 것은 말을 소중히 잘 쓰라는 뜻이지만 타인
이 나에게 주는 생명이 담긴 말들을 소중히 여기라는 뜻도
담겨 있다. 항상 말씨를 정성껏 뿌려서 정성껏 가꾸는 말 습

관을 길러야 한다.

29. 말을 말로 덮을 수는 있어도 생명을 기를 수는 없다. 행동이 받쳐 주지 않는 말은 쉽게 허물어진다. 말로 흥한 자 말로 망한다. 말 속에 말이 있고 말 속에 뼈와 가시가 있다.

30. 고독을 받아들이는 순간 영혼에 지혜가 생긴다. 억지로 고독을 외면하려 하지 마라. 고독을 일상으로 받아들여 성숙한 고독의 풍경을 만들 때 생은 더욱 성숙해진다. 마지막 조용히 미소를 남기고 간다면 잘 산 생이다.

31. 온전한 삶은 잡념을 마음에 들이지 않는 데서 시작한다.

32. 이미 놓쳐 버린 기회를 되새겨 봐야 소용없는 일이다. 차라리 그것은 훌훌 떨쳐 버리고 무언가를 새롭게 시작하는 것이 현명하다.

33. 이 세상 그 무엇도 독불장군처럼 저절로 뚝 나타난 것은 없다. 오늘은 어제와 내일은 오늘과 손잡고 있다. 그저 오늘을 오늘만으로 살지 말고 어제와 내일과 편지를 쓰면서 살아야 한다. 단절은 무의미하고 힘이 약하여 결국 소멸한다.

34. 아쉬움은 그리움이 된다. 그리움은 외로움이 된다. 외로움은 고독이 찾아온다. 결국 인간은 침묵 속에서 자신을 발견

한다.

35. 생의 아름다움은 청춘이 끝난 다음 깨닫고 단지 청춘은 추억을 두고 가는 게 아니라 손에 들고 갈 뿐, 그러다 자신이 고즈넉한 노을이 될쯤 한순간의 소풍이었노라 읊조릴 때 나오는 탄성이다.

36. 나는 매일 지구의 한 조각을 먹고 세상의 일부인 채 잠든다. 이러한 기적에도 경이롭지 않다면 이 세상 무엇이 감사하랴.

37. 이 순간 내가 이렇게 있어서 가슴 가득 맑은 공기 들이마시고 화사하게 핀 국화를 넌지시 음미하고 커피 한 잔으로 창가 가을 햇살에 미소 짓는다는 것, 신비한 기적이야. 오! 얼마나 큰 기적인가? 환희인가? 감사한 일인가? 아니 허무인가?

38. 삶이란? 사건의 나열이 아니라 순간의 집합체임을 뒤늦게 알았다. 생은 한 사건의 줄거리가 아니라 한 장면이고 요약이 아니라 묘사였음을 뒤늦게 깨달았다.

39. 세월이 지날수록 사소한 작은 것에 눈길이 가고 마음에 담고 소중히 여겨진다. 그러기에 단 하루를 사는 것을 마지막 사는 것처럼 귀하게 가슴 갈피에 숨긴다. 파도 물결을 파도의 생명력으로 넌지시 보면서….

40. 새벽 4시, 머리맡에 달을 두고 눕는다. 오른쪽 벽지 무늬를 따라 푸른 강물이 흐른다. 강물 위에 가을 안개가 떠돈다. 이내 안개가 걷히고 푸르스름한 고요가 황금빛 황홀로 타오른다. 머지않아 곧 새벽 동이 트리라. 아! 또 하루여, 기적이여!

무지개를 좇아 비상하는 새, 먼저 지상을 박차 올라 하강을 터득하라.

41. 하루 안에도 사계절이 있다. 만물이 소생하는 황홀한 봄, 생명력이 용솟음치는 여름, 결실의 시간과 단풍 노을 사색의 가을, 쓸쓸한 침묵과 인고의 겨울, 삶 굴레의 축소판 무대에 배우가 되어 일상을 산다.

42. 삶에 달관하라. 매사에 감사하라. 태어난 것에 감사하고, 늙어 가면서 감사하라. 병들어 고통 속에서도 감사하고 죽음도 감사하라.

43. 청춘을 부러워하지 않는다. 충분히 머물렀던 곳인데 순식간에 지나갔다. 자신이 지금 머무르는 장소는 모두 떠나야 할 장소이다. 가장 아름다웠던 때 추억의 한 페이지일 뿐이다.

44. 지금 여기에서 이 순간, 나에게 있는 권리와 의무에 충실하

면 된다. 그리고 새로운 환경과 풍경에 머무르면 내 몸값과 내 삶값을 높이면서 열심히 살면 된다. 세상을 맞서야 할 대상으로 여기지 않는 순간 생은 평화로워진다.

45. 내 몸의 크기는 한없이 크게 할 수 없지만 내 마음의 크기는 한없이 크게 할 수 있다. 옷과 화장, 먹는 것으로 내 몸을 젊고 멋있고 향기롭게 하려 하지 말고 내 마음을 젊고 멋있고 향기롭게 키우는 데 힘써야 한다.

46. 견디기 힘든 고통, 지울 수 없는 상처는 있을지라도 삶을 포기할 만큼 후회하는 일은 없다. 무수한 후회를 뒤로 남기며 생은 사는 거다.

47. 한 번뿐인 생을 특별하게 만드는 것은 생각을 행동으로 옮기는 순간이다. 산다는 건 여행하는 순간순간인데 생각만 하면 그냥 잠자코 머물 뿐, 생각은 한 발자국 걸어야 의미와 가치가 있다.

48. 고독은 존재에 뿌리를 내리고 있어서 뽑아내거나 없앨 수 없다. 고독의 종류는 세상에 존재하는 사람 수만큼 가지각색이다. 고독은 고통이나 독이 아니다. 고독은 영혼의 울림이요 때로는 고독이라는 병은 삶을 성숙하게 하는 자양분이다.

49. 세상에 아름다운 것을 보면서 살자. 낮에는 존재와 생명이
    율동하는 생동감을 밤에는 깊은 어둠의 적막을, 이런 모든
    것은 다른 색깔의 시간과 공간이다.

50. 지나가면 그만이라 여기지 말자. 지나간 시간과 공간에서
    축적된 생각과 체험이 오늘을 사는 버팀목이 되고 앞으로를
    사는 추진력이 된다.

51. 멈추어야 보이는 것도 있지만 걸어가야 만나는 것도 있다.
    멈추는 기회를 가져라. 걸어가는 기회도 가져라.

52. 내가 가진 것을 향유해야 되지만 내 것이 아닌 것까지 즐기는
    사람은 두 배로 근사한 삶을 사는 것이다. 어느 시인은 강원
    산골에 들어가서 온통 푸르고 온통 새하얀 산에 감탄하면서
    참 멋지게 살다 갔다. 남보다 두 배 세 배 잘 살다 갔다.

53. 계속 다른 것을 인식하며 사는 나는 어제와 다른 존재이다.
    다르게 인식하는 것은 변화하는 다른 나이고 변화하는 것
    은 생생히 살아 있음이고 생생히 살아 있음은 생생한 죽음
    을 창조하여 아름답게 한다. 늘 대하는 익숙한 환경과 풍경
    에서 새로움을 발견하라. 지겨움은 힘든 노동이 되고 썩은
    물속에서 피어난 연꽃은 환희의 창조물이다.

54. 때로는 숨이 막혀 도저히 참을 수 없는 지경이거나 허무한 허공에 손을 뻗쳐 고독에 허우적거릴지라도 바로 그곳에 생의 기쁨은 보석처럼 숨어 있고 기뻐할 기회가 기다리고 있다.

55. 출발할 때는 설렘을 돌아올 때는 안도감을 간직한다. 새로운 길은 설레고 알게 된 길은 정겹다. 오늘 하루 남에게 말 한마디 따뜻이 하고 내가 나를 속이지 않고 내가 나를 상처주지 않은 그것만으로도 감사하고 행복한 것이다.

56. 전혀 효율적이지 않고 실패하였더라도 무언가를 질리도록 해 본 때가 있었던 자체는 썩 괜찮은 결실이다. 아예 안 한 것보다 일단 해 본 것은 안 한 것보다 훨씬 의미가 있다.

56. 어떤 습관이라도 상관없다. 습관은 생을 확장한다. 좋은 습관은 생을 풍요롭게 한다. 그릇된 습관은 버리면 된다.

57. 삶에 습관 하나를 더하는 것은 자신의 생을 폭넓게 확대하는 것이다.

58. 가을에 물질적 재산을 얻는 데만 몰두하지 말고 정신적 재산을 얻는 창고를 가져야 한다. 현대인은 너무 사리사욕과 물질적 재산에 현혹되어 가고 있다. 육체적 비만과 정신적 빈곤을 경계해야 한다.

59. 현대는 치열한 경쟁 사회이다. 경쟁은 고통이 따른다. 경쟁
하지 않아도 얻을 수 있는 것, 생에서 무엇이 정말 소중한가
를 알고 그 소중한 것을 갖는 것이다. 그리고 사랑의 힘을
키우는 것이다.

60. 어른이 되고 늙어 간다는 것은 어떤 어려움도 이기고 스스
로 일어서는 것이다. 누가 넘어지면 일으켜 주어야 한다. 생
에 지혜가 가득하고 모범이 되어야 한다.

나를 속삭이는 밤

61. 세상이 시작된 이후로 한 번도 똑같은 구름은 없었다. 하루
의 일상도 마찬가지이다. 바로 그 일상 속에는 새롭게 시작
할 기회가 숨어 있다.

62. 행복은 항상 우리 곁에 있는데 불행한 것은 나의 어떤 문제
때문이다.

63. 내가 나를 잃어버렸다는 것은 내 몸과 마음이 하나가 아니
고 따로 떨어져 있다는 것이다. 그럴 때는 내가 나의 주인이
아니다. 항상 나의 주인은 나이어야 한다.

64. 지나간 시간을 되돌릴 방법은 없지만 지나간 날들의 의미 없

는 것으로 만들지 않을 기회가 오늘의 나에게 있기는 하다.

65. 나는 엄청난 일을 겪으며 살아왔다고 여겼지만 살기 위해 그 정도는 겪어야 마땅했다. 어쩌면 그 정도로 그친 것에 감사해야 할런지도 모른다.

66. 남들의 어떤 이야기에도 웃을 수 있을 때 괜찮은 사람이 되고 생의 어떤 이야기에도 웃을 수 있게 되면 생은 괜찮아 보이는 것이다.

67. 낯모르는 사람에게 생긋 웃어 줄 수 있고 바쁜 중에도 주변 사람에게 다정할 수 있다면 넉넉한 여유로운 생이다.

68. 사과를 눈을 감고 한 번 가만히 먹어 보는 가을이 되어 보라. 우주를 한가득 먹으며 저절로 감사하게 되리라.

69. 오! 여기까지 살아온 생이여! 그저 아직 살아갈 날이 많으면 부자이다. 살아온 날이 많아도 부자이다. 가진 것이 많고 적음으로 부자를 따지지 말자.

70. 생은 그저 주어진 시간의 기회를 정직하고 성실하게 최선을 다하여 살 뿐 그 이상도 그 이하도 아니다.

가을걷이 끝난 텅 빈 들녘 위로 기러기 떼 높이 날고 찬 서리 하얗게 덮인 청무우 밭, 살얼음 꽁꽁 어는 썰렁한 초겨울이 달려 옵니다.

가을밤 「나를 속삭이는 밤」을 단숨에 밤새워 읽는 횡재를 만나서 너무 좋았다. 덕분에 독후감도 단숨에 썼다. 앞으로 좋은 책을 만나서 독서하는 시간이 많았으면 기대한다. 아직 살아야 할 내 생을 위하여….